Uwe Wandrey
Auffällig ist immer die Stille

Verlag AutorenEdition im Athenäum Verlag

Herausgeber
Gerd Fuchs Heinar Kipphardt Uwe Timm

Uwe Wandrey

Auffällig ist immer die Stille

Roman

Verlag AutorenEdition
im Athenäum Verlag

Lektorat: Uwe Friesel

CIP-Kurztitelaufnahme der Deutschen Bibliothek

Wandrey, Uwe:
Auffällig ist immer die Stille : Roman / Uwe Wandrey. – Königstein/Ts. : Verlag Autoren-Edition im Athenäum-Verlag, 1979.
ISBN 3–7610–0554–7

Gesamtherstellung: Friedrich Pustet, Regensburg
Printed in Germany
ISBN 3–7610–0554–7

1.

Er war wohl schon eine halbe Stunde die Allee stadtauswärts gegangen, vorbei an immer gepflegteren Vorgärten, dann an parkartigen Grundstücken entlang, hinter deren kahlem Gezweig die Villen wie vergittert lagen, als jetzt neben dem Gehsteig, hinter einer mannshohen Strauchpflanzung, eine Mauer begann. Über zwei Meter hoch, armiert mit drei Reihen Stacheldraht, die schräg nach innen gerichtet waren. Die Mauer folgte der leichten Kurve der Allee, so daß ihr Ende nicht abzusehen war. Solides Bauwerk.
An der Endstation der Vorortsbahn hätte er auch in den Siebenunddreißiger umsteigen können, der, wie es im Begleitschreiben geheißen hatte, direkt vor dem Tor halten würde. Aber er zog die langsame Annäherung vor.
Als die Mauer jetzt einen scharfen Bogen nach innen machte, blieb er stehen. Vor ihm ein aufgeschlagenes Gittertor und eine gesenkte Schranke.
Hier ging es also los.
An der einen Seite der Schranke stand eine schwarz und rot und gelb gestreifte Kiste mit Spitzdach, das Schilderhäuschen. Davor, regungslos, ein Soldat in blauer Uniform, mit Helm und Gewehr. Sperber trat näher. Der Wachsoldat, starr wie ein Wettermännchen vor seinem Türloch, schien einfach an ihm vorbeizusehen.
Vielleicht mal lächeln.
Unter der blankrasierten Gesichtshaut des Soldaten spannten sich die Muskeln. Die Lippen preßten aufeinander. Die Lider zuckten. Der Posten wechselte das Standbein.
Er war also doch bei Bewußtsein. Sperber ging auf ihn zu, hielt ihm den Einberufungsbescheid unter die Augen. Sie wanderten über das rote Papier. Sperber sah die kleinen

Schweißperlen unter dem Ohr, dem Kinnriemen des Stahlhelms, der in die Backe schnitt.
Mit einem leichten Nicken wies der Kopf des Soldaten zu einem kleinen Backsteingebäude hinüber, das auf der anderen Seite der Einfahrt lag, von Büschen und Sträuchern zur Straße hin fast verdeckt.
Das flache Schiebefenster wurde von innen geöffnet. Eine Hand kam heraus. Nun geben Sie schon. Er reichte seinen Bescheid. Sperber, Jochen? Drinnen gab es eine Liste, auf der eine Zeile durchgestrichen wurde. Gehen Sie endlich! In neunzehn Minuten beginnt die Begrüßung.
Wohin denn?
Wohin denn, wohin denn. Posten! Erklären Sie dem Mann hier den Weg zur Siebten Batterie!
Jawoll, Herr Unteroffizier! Der Wachsoldat verließ die Stelle vor dem Schilderhäuschen und führte Sperber hinter die Schranke. Er räusperte sich. Geradeaus bis zum Appellplatz, dann rechts und geradeaus vierhundert Meter. Da steckt dann ein Schild in der Erde.
Auf beiden Seiten säumten gepflegte Rabatten mit Stiefmütterchen den Weg in das Kasernengelände hinein. Jetzt eine unübersehbare Schrifttafel: Militärischer Sicherheitsbereich. Zutritt für Unbefugte und Fotografieren verboten.
Befugt war er jetzt, fotografieren wollte er nicht, und als sicher galt er wohl auch.
Er kam an einen Platz, so groß wie ein Fußballfeld und von mehreren Blocks umstellt. Frühe dreißiger Jahre, modernisiert. Das dürften die Unterkünfte sein. Neue Pfannendächer und neue Kippfenster.
Hinter eines würde man ihn heute noch stecken.
Rotbraune Mauern, grauweißer Beton, schwarzer Schlackenboden. Ein paar Autos in Oliv. Flugabwehr-

raketenbataillon stand auf dem Bescheid, aber von Raketen keine Spur. Fotografieren verboten?
Die schrille Salve einer Trillerpfeife von hinten. Hoffentlich werden Sie bald zum Punkt! Laufschritt, Kanonier Sperber!
Er drehte sich um. Im Eingang des Wachgebäudes ein wulstiger Soldat, die Fäuste gegen die Hüften gestemmt. Ihr privates Tempolimit ist hier aufgehoben!
Sperber trottete weiter. Zum Punkt werden. Geometrischer Ort ohne Ausdehnung. Er entschloß sich zu einer etwas schnelleren Gehweise.
Das Schild: 7. Batterie. Geschäftszimmer I. Stock. Holzfarbene Rollschränke, grüne Schreibtische, zitronengelbe Synthetikvorhänge: Einwohnermeldeamt. Geruch von Schule. Die Tür zum Korridor stand offen. Hier im Geschäftszimmer saßen Unbewaffnete. Sie bedienten Schreibmaschinen und blätterten in Aktenordnern.
Sperber legte seinen Wehrpaß auf den Tresen. Ein Soldat schlug ihn auf und zog eine Mappe aus einer Hängeregistratur. Blätterte . . .
Ingenieur?
Ja.
Noch ein Durchstarter.
Was sollte das denn.
So, dies ist dein Truppenausweis, gleich unterschreiben, Sperber unterschrieb, und dies, der Soldat reichte ihm eine kleine ovale Aluminiumplakette mit Schlitzen auf der Mittellinie, dies ist deine Erkennungsmarke. Du trägst sie an der Kette um den Hals. Im Todesfall wird dir die untere Hälfte abgeknickt. Empfang hier bestätigen. Sperber unterschrieb. Auf der Erkennungsmarke standen in Prägeschrift seine Daten. Der Soldat telefonierte.
Das Automatenfoto im Truppenausweis erinnerte Sperber an Fahndungsfotos. Damals hatte man ihn, wie es hieß, erfaßt. Ein merkwürdiges Gefühl war das gewesen.

Er war einem Wehrbereichskommando unterstellt, unterlag der Wehrüberwachung.

Ich habe noch ein paar Bananen mit eingepackt. Die kleinen, die du so gern magst. Und Boskopäpfel, es sind die letzten in diesem Frühjahr, sie werden jetzt innen schon mulschig. Ich koch noch schnell ein paar Eier, wer weiß, wann es die erste Mahlzeit gibt. Hemden, habe ich gedacht, erst mal drei. Du kannst sie im Becken auswaschen. Die Socken aber extra, hörst du? Du kannst die schmutzigen Sachen auch mitbringen, wenn du kommst. Dann steck ich sie gleich in die Maschine und in den Tümmler. Da sind sie sofort trocken. Und schreib mal. Oder ruf an. Hier ist noch eine kleine Reserve, für den Notfall. Er steckt das Couvert in den Parka.
Halt, hier, nimm noch ein paar von Vatis Vitaminkapseln mit. Es soll da so wenig Frisches geben.
Ich glaube, ich geh mal.
Jochen winkt von der Straße zum vierten Stock hoch. Aber Mutter steht heute nicht am Fenster, sondern in der Loggia. Er winkt, wie gewohnt, ein zweites Mal kurz vor der Ampel. Nur, daß sein Schritt langsamer ist, heute am vierten April.

Der Soldat legte den Hörer auf, wandte sich wieder zu Sperber. Am besten, du merkst dir gleich deine Pekazett.
Pekazett?
Die Personenkennziffer. Diese Nummer hier, der Soldat legte einen Bleistift auf den Ausweis, das bist du. Datenmäßig gespeichert.
Verstehe.
Paß auf, der Lappen ist was wert. Am Hafen zum Bei-

spiel. Halt ihn fest, das könnte dir eventuell ne Woche Bau ersparen. So, und da drüben, er führte Sperber ans Fenster, liegt die Unterrichtsbaracke, die meisten sind schon da. Um punkt elf ist Begrüßung. Den Koffer stellst du auf den Korridor zu den anderen.

Sperber stand am Barackeneingang. Warm, schweißig schlug ihm die Luft entgegen. Er nahm noch einen Zug Frischluft mit hinein. Durch schmale Fensterschlitze unter dem flachen Betondach fiel das Tageslicht. Leuchtstoffröhren an den Deckenbalken glommen dagegen an. An ihnen schien die Luft dunstig anzuschwellen und sich mit dem Gemurmel zu vermischen, das von den Stuhlreihen aufstieg und sich da oben verfing.

Nur die vorderen Reihen waren noch frei. Sperber entdeckte aber im Mittelfeld einen leeren Stuhl und stelzte über Knie, Füße, Taschen durch eine Palette von Gerüchen hindurch, bis er sich endlich fallenlassen konnte. Er hatte den Eindruck, daß sich die Nasen seiner Nachbarn blähten, als man sich flüchtig grüßte. Er atmete eine Weile selber durch den Mund. Gegen diese Gerüche kamen ihm die weißgetünchten Fertigbauwände aus Beton desinfiziert vor.

Durch das eintönige Gemurmel stachen die Stimmen der Uniformierten aus dem Seitengang in die Reihen: Los, los, aufrücken! Nicht so lahmarschig. Sie da mit dem Knorpel am Hals, ja Sie, nein Sie, werden Sie nicht frech! Nehmen Sie die Mütze ab! Ruhe im Saal! Sehen Sie nach vorn, nehmen Sie den Fuß vom Knie. Kopf aus der Versenkung. Zigaretten aus. Ja, sind wir denn taub! Sie da, Zweiter von hinten, diese Reihe hier, sind wir denn am Nordpol? Wer?! Stellen Sie sich nicht dümmer als ein Auto. Wer trägt da einen roten Schal, Sie oder ich? Sind Sie blind, sagen Sie mal! Ruhe! Nach vorn sehen! Ruhe, Ihr Russen!

Kurze Pause. Vereinzelte Lacher. Dann wieder: Ich

glaub, die Meerschweinchen kommen. Der Lange da am Fenster! Ja, Sie! Lüftungsklappe auf. Die anderen auch!

Sperber sah sich um. Mehr als hundert Mann warteten wie auf die Bekanntgabe der Lottoergebnisse. Sie blickten durch die Lücken der Vorderreihen. Vorn aber tat sich noch nichts.

Die meisten schienen eher jünger. Er hörte Bayern, das Ruhrgebiet, das Schwabenland und Norddeutschland heraus. Ein Männerverein.

Es war ruhiger geworden. Die Köpfe reckten sich in die Lücken hinein. Auf der freien Fläche vorn hatte sich eine Gruppe von Uniformen angesammelt, die verhalten miteinander redeten. Ein einzelner stand an der Saaltür und sah hinaus. Er mußte den Blick auf etwas Wichtiges gerichtet haben. Jedenfalls hielt er eine Verbindung aufrecht. So was kannte man vom Theater.

Ruckartig startete der Posten an der Saaltür auf einen wohl Höheren mit gelber Kordel zu, salutierte und sagte etwas. Der Höhere grüßte zurück, trat vor die Rekruten und schrie: Alles auf!

Bis auf drei, vier Nachzügler hatten sich alle erhoben.

Von den Seiten zischte es in die Reihen hinein: Hände aus den Taschen! Stehen Sie gerade!

Ein etwas älterer Mann in silberverzierter Uniform betrat den Saal. Schritt ein Stück heran. Wenn es einen aufrechten Gang gab, so hatte der ihn. Er blieb stehen. Der mit der gelben Kordel ging entschlossen auf ihn zu und salutierte.

Siebte Batterie zur Begrüßung angetreten.

Er sagte es so, daß man es im Saal gerade verstehen konnte.

Danke, sagte der Aufrechte, wandte sich dem Saal zu und rief in Baritonlage: Morgen, Soldaten!

Die Antwort des Saals schleppte sich hin. Sperber sagte

gar nichts. Er fühlte sich nicht aufgefordert. Seine Stimme würde ohnehin nicht gehört.
Meine Herren, ich habe Sie schlecht verstanden. Guten Morgen!
Die zweite Reaktion war etwas lauter und kürzer. Einige Rekruten grinsten. Sperber fand es komisch, seine zusammengetrockneten Lippen lösten sich voneinander. Für ein Guten Morgen reichte es allerdings nicht.
Meine Herren, Sie nennen mich Hauptmann Buster. Ich bin Ihr Batteriechef und Disziplinarvorgesetzter. Wir werden jetzt vierzehn Wochen miteinander zu tun haben. Sie wissen, bei der Flarak dauert die Grundausbildung immer noch drei Monate. Ich denke, daß Sie es gut durchhalten hier, und hoffe, daß die Verständigung klappen wird. Sie werden sich bald an Ihre neue Umgebung gewöhnt haben. Eine Zeitlang müssen Sie auf manche Bequemlichkeit verzichten. Dafür können Sie aber erleben, was Kameradschaft bedeutet. Einer ist für alle da. Alle für einen.
Dann: Die Gemeinschaft der Nato-Verbündeten. Die Demokratie. Das Grundgesetz. Die Freiheit verteidigen gegen den militanten Kommunismus.
Hauptmann Buster kam jetzt auf den in Friedenszeiten obersten Dienstherrn zu sprechen. Die Köpfe folgten gleichzeitig einer aus dem angewinkelten Arm kommenden Gebärde des Hauptmanns. Der Bundespräsident war in einen schwarzen, aber kaum Trauer meinenden Rahmen gefaßt. Sein Bild haftete wie anderswo das Kreuz an der Wand.
Nach zwei, drei Gedenksekunden war der Disziplinarvorgesetzte bei einer anderen Autorität, einer Autorität neben ihm, und eine ähnliche Gebärde seiner Hand verriet zunächst – wie gegenüber dem Präsidenten – Respekt. Jedoch legte die Hand sich dann auf die Schulter eines wohl Dreißigjährigen in grauem Anzug und

schwarzem Rolli darunter, den Sperber vorher nicht wahrgenommen hatte. Überlegen lächelnd sagte Buster zu den Rekruten: Sollten Sie Sorgen haben, mit denen Sie sich nicht an Ihre militärische Vorgesetzten wenden möchten, steht Ihnen auch unser Militärseelsorger zur Verfügung.
Der Militärpfarrer berichtete von seiner Arbeit.

Die Blase platzvoll und nicht können. Jochen hat es immer für eine Legende gehalten.
Die Sichtblenden sind in Schamhöhe angebracht wie in besseren Pissoirs. Der Mann links neben Jochen ist fertig geworden, hält den Urinkelch hoch und knöpft einhändig seinen Stall zu. Rechts geht es gerade los.
Hinter ihm dreht jemand einen Wasserhahn auf. Auch von diesem Trick hat man gehört. Aber damit geht es erst recht nicht. Zeichen von Angst? Nein, Angst hat er nicht.
War Opas Tip wirklich erprobt? Ausgerechnet bitterer Nierentee, und Mutter wollte nicht einen einzigen Teelöffel Zucker erlauben. Der Mann rechts geht nun nach hinten ab. Von links kommt ein neuer. Jetzt auch von rechts. Er sieht Jochen an, grinst. Wieviel wird denn überhaupt verlangt? Ich glaube, fünfzig Kubik, sagt Sperber. Der Mann lacht. Hoffentlich schaff ich das, ich war nämlich gerade erst. Jochen spürt plötzlich, wie es in ihm ansteigt, sein ganzer Unterleib Blase wird, und, als wäre ein Ventil geplatzt, schießt es endlich aus ihm heraus in den Kelch hinein, tiefgelb, leicht über den Rand hinweg, das Namensetikett nässend.
Wenn es so weitergeht, gibts hier eine Überschwemmung. Wie jetzt die Schleuse wieder schließen?
Er krümmt die Zehen, kneift sich in der ganzen Lendengegend zusammen. Schon sieht er sich in einer Lache

hocken, das volle Maß mit der Hand hochhaltend und verzweifelt bemüht, den Überschuß mit diesen Papierhandtüchern da aufzusaugen. Der Katastrophe knapp entkommen, behutsam balancierend, als wäre es flüssiges Gold, reicht er seinen Kelch dem Sanitäter.
Der Arzt stellt an ihm eine Reihe von Anomalitäten fest: Spreiz-, Senk- und Hohlfuß in einem. Treten Sie mal zurück. Auf der Stelle, wo Jochen eben vor dem Arzt gestanden hat, nasse Abdrücke. Also auch noch Schweißfuß.
Der Arzt macht in verschiedenen Feldern seines Untersuchungsbogens kleine Kreuze. Tragen Sie bitte keine Synthetiksocken, nur saugfähiges Material. Der Schweiß steht Jochen auch auf der Stirn.
Kommen Sie jetzt mal hier herüber. Der Arzt legt ihm eine Manschette um den Arm und hakt sie zusammen. Legt sein Stethoskop an und schaut beim Pumpen auf das Manometer. Hundertvierzig zu achtzig. Jetzt bitte mal zehn Kniebeugen. Pulsmessung. Danke. Er hat die Werte notiert und bittet Jochen, die Hose runterzulassen und sich zu bücken.
Danke. Ziehen Sie jetzt die Vorhaut zurück.
Wenn die ihn hier nicht durch den TÜV lassen, wenn die ihn hier erledigen wollen, klar, dann wird er eine zweite Musterung verlangen, durch einen anderen Arzt. Nicht daß er scharf ist auf den Bund, aber tauglich sein, das will man schon.
Tauglich.
Bevor Jochen die hingehaltene Hand des Arztes ergreift, wischt er die eigene am Hosenbein ab.
Bin ich tauglich?
Der Arzt lacht und legt ihm die trockene Hand auf die Schulter. Absolut, mein Lieber. Ersatzreserve Ia. Voll tauglich, das heißt zwo. Voll verwendungsfähig für alle Truppengattungen, nur für Panzer etwas zu lang. Und ein

bißchen untergewichtig. Kreislauf leicht instabil. Blutdruck etwas zu hoch. Aber sonst –

Jetzt stellte Hauptmann Buster den Mann mit der gelben Kordel vor. Der Spieß, auch Mutter der Batterie genannt. Der sei für den Innendienst verantwortlich, sein Reich die Schreibstube.

Der Spieß lächelte zum Hauptmann hin. Mehrere über Kreuz verbundene Messingwinkel blitzten auf seiner Schulter. Er übernahm die Aufteilung der Rekruten auf die vier Züge der Batterie. Dazu rief er sie ihrer Körperlänge entsprechend auf und gab ihnen die Zugführer bekannt. Sperber, einssechsundachtzigkommafünf, gehörte zum ersten Zug. Zugführer war Leutnant Wolf, ein nicht großer, aber offenbar muskulöser Sportsmann, vielleicht fünfundzwanzig Jahre. Das blonde Haar, schon gelichtet, gehorchte dem rechts sitzenden Scheitel. Auch an seiner Uniform schimmerte es silbrig, weniger als beim Hauptmann, aber erhabener als das Messing vom Spieß. Die vierzackigen Silbersterne auf den Schulterstücken waren offenbar durch eine Art Musterklammer am Tuch befestigt.

Sperbers unmittelbarer Vorgesetzter war Unteroffizier Kubik. Als Leutnant Wolf ihn vorstellte, schlug Kubik die Hacken aneinander. Ein mittelgroßer, schmalköpfiger Mann, fetthaarig, mit hängender Lippe und Boxeraugen. Leicht gedunsenes Gesicht.

Der Spieß ordnete an, daß die Gruppen sich nunmehr auf die Stuben begeben sollten. Unteroffizier Kubik übernahm die zehn Mann der Gruppe 4. Sie folgten ihm zum Block der 7. Batterie.

Sie gingen einzeln, besahen sich unauffällig die anderen. Sperber fischte sich vor dem Geschäftszimmer seine Tasche heraus und lief hinter dem Unteroffizier die Treppe hinauf in den ersten Stock. Vor Stube 11 rief der Gruppenführer: Sammeln! Dann etwas leiser und leicht lispelnd: Die Gruppe 4 liegt auf zwei Stuben, Stube 11 und 12. Die Namen stehen hier. Kontrollieren, ob die Schreibweise in Ordnung ist. Er zeigte auf das Namenschild an der Tür.

Kanonier Bartels, Kanonier von Bednarz, Kanonier Heimann, Kanonier Müller, Kanonier Scheck, Kanonier Sperber. Der Rest geht auf 12. Die Aufteilung der Betten erfolgt kameradschaftlich.

Der Satz war noch nicht zu Ende gesprochen, da bemerkte Sperber, wie sich aus der Mitte der Gruppe, raumverdrängend und ihn überragend, etwas Bulliges vorbeischob, schnell einen Koffer (BEA-Anhänger) vorschubste, eine Reisetasche (Air France) nachzog, in Richtung Fenster sich bewegte und eines der beiden Einzelbetten besetzte. Dort nahm der Typ zwischen seinen Gepäckstücken Platz und begann schon den Inhalt des Koffers zu entleeren.

Ihm folgte, die Gasse nutzend, mit einer seidigen Eleganz, ein schlanker Typ, kleiner als Sperber, der schon auf dem Weg hierher den Eindruck gemacht hatte, als dürfe bei ihm alles nur dezent, unmerklich vonstatten gehen. Der besetzte mit sich und seinem Gepäck das zweite und letzte Einzelbett. Ein schweinslederner, vielschnalliger Koffer mit Rollenuntersatz, auf dessen Anhänger „von Bednarz“ zu lesen war.

Jetzt sich blitzschnell orientieren und handeln. Da waren nur noch zwei Etagenbetten. Das eine stand rechts neben der Eingangstür, das andere parallel dazu, durch einen Gang getrennt. Sperber belegte das direkt an der Tür gelegene, weil ihm der Mensch, der im Parterrebett schon Quartier bezogen hatte, sympathischer erschien als der schwitzige Pickelmensch mit dem fliehenden Kinn in dem anderen Etagenbett, der dort etwas apathisch auf den

Boden sah und laut Reisetasche Michael Scheck hieß.
Du müßtest Müller heißen, sagte Sperber zu dem, der unter ihm schlafen würde. Der antwortete undeutlich, weil er sich gerade etwas vom Nagel biß. Sperber wußte nicht, ob er nachfassen sollte.
Dann sagte der andere: Eddie. Das reicht.
Sperber warf seine Tasche aufs Bett. Du fährst Motorrad?
Nein. Ich fahr mit.
Eddie steckte von den Schultern bis zu den Fußspitzen in einer schwarzledernen Haut.
Der Dunkelhaarige im Etagenbett auf der anderen Seite des kleinen Gangs dürfte dann wohl Bartels sein. Mit dem würde Sperber immerhin auf einer Höhe liegen. Das schweißige Geruchsgemisch aus Pfefferminz und Tabak, das jetzt in seine Nase stieg, schien von dort herüberzuwehen. Aber man konnte sich irren.
Der massige Typ hinten am Fenster zog die letzten Sachen aus seiner Reisetasche und präsentierte sie auf der Fensterbank: Radio, Kassettenrecorder, Digitaluhr mit Wecker und Mini-Fernseher in Baueinheit. Tauchsieder. Porzellanbecher. Silberbesteck. Auf dem Resopaltisch am rechten Fenster vorn lag sein BMW-Schlüssel. Aber auch eine schwarzgewellte Dame, farbig fotografiert, mit schwerem, dunklem Lippenrot und grünen Augen, geschützt von dickem Plexiglas, gehörte zur Mitgift.
Wie ärmlich stand man da mit seiner halb gefüllten Reisetasche.
Einen Teddybär oder Talisman hatte Sperber nicht. Vielleicht der Hammer, den er in der Lehrwerkstatt gefeilt hatte? Seine Nummer MB 3074 hatte er damals mit Buchstabenmeißel hineingeschlagen. Den Hammerstiel hatte er solange geraspelt und geschmirgelt, bis er sich endlich in die rechte Hand geschmiegt hatte. Aber mit einem 250 g-Hammer würde man hier nur Spott ernten.

Kubik stand draußen, zwischen den Türen der Stuben 11 und 12, um die Gruppe 4 anzutreiben. Meine Herren! Ja sehe ich denn richtig?! Da *geht* jemand! Der Naturfreund! Lahmarsch! Hopp, hopp! Im Laufschritt!
Scheck lief.
Und der Kamerad im Taucheranzug da, er meinte Eddie Müller, ich hoffe, daß Sie sich ein bißchen öliger bewegen, wenn Sie erst Oliv tragen. Der Dicke da, oder wie Sie heißen, hab ich gesagt, daß Sie schon Mittagsruhe halten sollen? Laufschritt, Heimann. Los, abspecken! Bartels, Hand vom Rohr!
Kubik hatte sich die Namen seiner Leute schon eingeprägt.
Die Männer an der Essensausgabe und hinten in der Küche trugen Weiß. Nur die schwarzen Schnürstiefel bewiesen, daß sie dazugehörten. Jeweils zwei dieser Küchenbullen arbeiteten zusammen: Sperber nahm einen tiefen Teller vom Stapel, hielt ihn dem Nudelausteiler vor, der drückte ihm mit einer Holzzange Spaghetti drauf. Der Goulaschausteiler nebenan hob dann den Schöpflöffel auf den Nudelhaufen und drehte ihn so heraus, daß sich das suppige Paprika-Goulasch kleckerfrei ergoß. Das Ganze erfolgte im Takt, und die Küchenbullen trieben die Leute an, wiesen sie zurück, wenn sie sich ihrem Tempo nicht anpassen wollten. Ein Extraposten verteilte Spaghettinachschlag und rückte das besonders begehrte Apfelkompott raus. Aber es war sehr schlank geraten, und, wie Sperbers Nase wußte, ohne Zimt, Vanille oder gar Rum zubereitet.
An langen Resopaltischen saßen dreihundert, vierhundert Männer, nicht älter als Sperber und kaum jünger als siebzehn. Viele schon in Uniform, die ihnen offenbar gerade verpaßt worden war. Die saßen wie im Korsett. Es hatten sich noch nicht die individuellen Falten in den

Stoff geprägt. Sah so aus, als hätten sich Kreiswehrersatzämter und Kasernenleitung alle Mühe gegeben, einen repräsentativen Schnitt durch die Bevölkerung aufzubieten. Quer durch die Schichten und aus allen Teilen des Landes waren sie versammelt. An seinem Tisch konnte er drei verschiedene Dialekte hören – wenn überhaupt geredet wurde. Man schien noch nicht besonders zugänglich, beobachtete einander, auch über Tische hinweg, um erst mal herauszufinden, was hier so lief und mit wem man es zu tun hatte. Die Besatzung von Stube elf saß geschlossen an einem Tisch. Unteroffizier Kubik war in einen Nebenraum gegangen, zu dem nur Unteroffiziere Zutritt hatten.

Zwei-, dreimal trafen Sperber die suchenden Augen dieses Scheck, der jetzt zum Reden ansetzte. Sperber senkte den Blick auf die Nudeln. Da hörte er aber schon den Satz: Weiß jemand, wo hier das Klo ist? Sperber sah sich jetzt doch verpflichtet, irgendwie zu reagieren. Er sah kauend auf und zuckte mit den Schultern.

Sonst noch was? fragte Heimann.

Hätte ja sein können, sagte Scheck, halb beleidigt, halb entschuldigend hinterher.

Bartels auf der anderen Tischseite hatte etwas von einer Ratte, fand Sperber. Jedesmal, wenn er einen Bissen in die kleine Mundöffnung schieben wollte, kam sein ganzer Oberkörper vor, und seine scharf gebogene Nase neigte sich bis handbreit über den Teller. Dabei schimmerte die helle Kopfhaut unter dem schwarzen, etwas fettigen Haar hervor. Bei der Frage nach dem Klo ließ Bartels die Gabel in Mundhöhe stehen, während sein Kopf, sein ganzer Oberkörper sich diesem komischen Frager zuneigte und die Nase sich in Schecks Schultern zu haken schien. Aber dann verzog er nur seine spitzen, knospenartigen Lippen zu einem Grinsen, um sie dann wieder für

die Gabel zu öffnen, die noch immer in derselben Höhe stand. Die kleinen Augen schrumpften beim Einschieben der Nahrung zu Schlitzen, und Sperber wußte nicht, ob Bartels ihn noch sah oder nicht. Vielleicht machte der sich hinter seinem dichten Wimpernkranz auch über ihn seine Gedanken.
Wo alle so abweisend auf Scheck reagierten, hätte Sperber ihm gegenüber jetzt irgendwie offener sein sollen, aber er konnte sich nicht überwinden.
Bednarz saß aufrecht und manierlich essend auf der anderen Seite von Bartels. Er wollte sich offenbar raushalten. Immer genau in dem Moment, wenn einer am Tisch etwas sagte, sah er zu einem der Nachbartische hinüber, einmal sogar zur Saaldecke. Genervt blickte er nun auf die Uhr und erhob sich. In diesem Moment aber fragte ihn Eddie, der neben Sperber saß: Wer bist du eigentlich?
Wie? Bednarz ließ sich widerwillig nieder. Bednarz.
Du heißt von Bednarz, ja das weiß ich.
Und was willst du noch wissen?
Ist ja schon gut, Mann.
Eddie aß weiter, und Bednarz ging kopfschüttelnd. Nach einer Weile wandte sich Eddie an Sperber. Ist das ein Intellektueller? Heimann auf der anderen Seite hatte die Frage aufgeschnappt. Du fragst vielleicht einen Quatsch. Laß den doch in Ruhe!
Hat er dich gefragt? Sperber sah Heimann nicht an.
Da ging auch Heimann.
Bartels wischte die Nase mit dem Taschentuch, dann tupfte er sich den Mund. Plötzlich hatte er den Zipfel des Taschentuchs zwischen Daumen und Zeigefinger, zwirbelte es durch die Luft, und schon saß es als kleine weiße Pingpongkugel in seiner Hand. Er grinste. Bewundernd lehnte sich Scheck zurück. Eddie lachte laut los. Gebongt, sagte er.

Die vier brachten ihre Teller gemeinsam zur Klappe, durch die das schmutzige Geschirr gereicht wurde. Davor war auf einem kleinen Wagen ein 500-Liter-Aluminiumfaß für Essensreste aufgestellt. Fast randvoll mit einem weiß-braun-oliv gesprenkelten Gemenge. Für die bundesdeutsche Schweinezucht, sagte jemand.
Über dem Ausgang des Speisesaals ein Schild: Dreiviertel der Menschheit hungert, du wirst täglich satt – Denk daran!

Nach der Mittagspause folgte der Empfang des Bettzeugs. Tatsächlich, das Bettlaken hatte Bänder. Durch sie sei gewährleistet, erläuterte Kubik, der zur Demonstration das Bett von Bednarz machte, daß das Laken nicht verrutsche. Das befreie jedoch nicht vom morgendlichen Lakenglätten und von der regelmäßigen Bettenkontrolle tagsüber.
Es dauerte zwei Stunden, bis die Grundzüge des Bettenbaus von allen begriffen und nach einheitlichem Muster leidlich faltenfrei ausgeführt waren. Die Gründlichkeit, mit der der Gruppenführer auf alle Fragen einging, bereitwillig und ruhig hier und dort mitzupfte und dann mit flacher Hand entschlossen das Tuch strich, ließ vermuten, daß dem Bettenbau Bedeutung zukam. Im übrigen hatten die weißen Tücher die Stube etwas freundlicher gemacht.
Als sie schließlich kurz vor zehn in ihren Betten lagen, wußten sie, daß der Unteroffizier vom Dienst eine blaue Schulterschnur hat, über Ordnung, Sauberkeit und Pünktlichkeit im Innendienst wacht, daß jeder Kanonier einmal am Tag aufs Schwarze Brett sehen muß, daß jede Stube ein bestimmtes Revier zu reinigen hat, daß ein Stubenältester dazu abkommandieren kann, daß man ferner gewaschen und mit gereinigten Fingernägeln zum Essen erscheinen soll, sich ordentlicher Tischsitten zu unterzie-

hen hat, bis zehn Uhr im Bett sein muß. Bei aufrechter Haltung darf das Haar weder Uniform noch Hemdkragen berühren. Der Stubenälteste ist für das Unterkunftsgerät verantwortlich. Er wird vom Batteriechef eingeteilt und kann wechseln. Die Stube ist morgens und abends, bei Bedarf auch zwischenzeitlich zu reinigen. Durch regelmäßiges Reinigen seines Körpers trägt jeder zum Wohlbefinden der Kameraden bei. Die Kameradschaft dient der Schlagkraft der Truppe. Der Stubenälteste sorgt für das reibungslose Zusammenleben. Kameraden sind auch die Vorgesetzten und zivilen Angestellten der Armee. Jederzeit kann jeder Soldat zum Dienst herangezogen werden. Jeder Soldat muß sich für die Gemeinschaftseinrichtungen verantwortlich fühlen. Der Soldat muß gesund sein.

2.

Beim Antreten der Batterie am nächsten Morgen vor dem Block wartete Leutnant Wolf, zur Zeit auch stellvertretender Batterieführer. Etwa einsfünfundsiebzig, aber optisch auf einsachtzig hochgereckt. Er klatschte spielerisch die grauen Wildlederhandschuhe in die Handfläche, zog den Lackschirm seiner Offiziersmütze fast elegant unter die Augenbrauen, so daß nur noch die unteren Augenhälften zu sehen waren. Er musterte die Neuen mit Wohlgefallen. Einen nach dem anderen. Etwa zehn Sekunden für jeden. Einer in der zweiten Reihe flötete leise vor sich hin.
Keiner der Gruppenführer hatte es gerügt. Leutnant Wolf nordete seine Pupillen auf den ein, hakte seine Daumen hinters Koppel und wippte zwischen Fußballen und Fersen hin und her.
Der wird die Gegend hier noch mit Leben erfüllen, sagte ein Schreibstubengefreiter, der platzt bald. Wenn ihr erst mal eingekleidet seid.

Sperber sah diesen Wolf steckbriefartig: Wasserblaue, fast hellgraue Augen, kleines Gesichtsoval, strichlippiger Mund, Hinterkopf fehlt, faustdickes Kinn, kurzer Hals auf dem Athletenkörper. Der erste Eindruck war fast zu glatt, zu stereotyp. Vielleicht aber wollte Leutnant Wolf nur einschüchtern, gleich zu Beginn spüren lassen: bei mir nicht.
Jetzt stellte er sich vor die Batterie: Sie da – Name?
Horst Heimann.
Es heißt Kanonier Heimann. Name und Dienstgrad gehören unlösbar zusammen.
Kanonier Heimann.
So, treten Sie vor. Hier zu mir.
Heimann ging nach vorn. Ich denke, sagte Wolf, laut genug, daß alle es hören konnten, Sie verfügen über mehr als die Sonderschulreife. Stimmt's? Heimann nickte. Abitur? Heimann nickte. Nun sehen Sie sich das mal an, Heimann. Wolf zeigte auf die Rekruten. Heimann grinste.
Lustig, nicht? Und an die Angetretenen gerichtet: Wie eine Zirkustruppe steht Ihr da, Kameraden! Heimann, wie sehen die Kameraden aus?
Wie eine Zirkustruppe.
Falsch, wie Zoobewohner. Abteilung seltene Vögel. Nennen Sie ein paar seltene Vögel, Heimann, oder hatten Sie Ihren Schwerpunkt in Soziologie?
Nein, Herr Leutnant. Heimann lachte.
Gut, zählen Sie ein paar seltene Vögel auf.
Kolkrabe. Storch. Kolibri. Adler. Geier. Papagei.
Reicht fürs erste, in Ihnen steckt was. So, und jetzt folgt die Metamorphose. Heimann erklären Sie, was das Wort bedeutet.
Metamorphose bedeutet soviel wie Verwandlung.
Richtig. Zurücktreten ins Glied. Meine Herren, Sie erleben heute die Metamorphose einer Zigeuneransammlung

in eine geordnete Gruppe von Mitteleuropäern: Der erste Zug marschiert in die Kleiderkammer zur Einkleidung. Geschlossen, um acht Uhr dreißig. Die restlichen Züge in je einer Stunde Abstand, hintereinander. Nachmittags Modenschau.
Sperber blickte sich um. Sah tatsächlich sehr gemischt aus, wie sie hier alle in den unterschiedlichsten Kostümen in Reih und Glied aufgestellt waren: Eine frühe Totalglatze über hoher Stirn neben einem Afrofilz, kinntiefe Koteletten neben der Bürste eines Hammerwerfers. Eine Schippermütze hinter einem Filzhut. Seemannsjoppe vor Jeansjäckchen. Schwarze Lederhose zwischen Gabardine- und Bundhosen. Er überlegte gerade, wie das aussähe, Westernstiefel im Gleichschritt mit Jesuslatschen, da winkte Leutnant Wolf Sperber heran. Melden Sie sich morgen früh zu Dienstbeginn beim Batteriechef.

Sahneschlecken sei das sicher nicht. Aber ganz ehrlich gesprochen, seien es Opas schönsten Jahre gewesen. Man dürfe so was der Jugend von heute ja gar nicht erzählen, aber Jokelmann solle es doch wissen. Nicht daß Opa Hitleranhänger gewesen sei, aber aufrecht gehen habe er da gelernt. Die Armee sei die beste Schule. Nicht für den Kopf unbedingt, aber fürs Leben. Opa schlug sich mit der flachen Hand aufs Herz. Selbstbeherrschung. Und vor allem: Kameradschaft. Kameradschaft bis zum Ende. Er klopfte Jochen auf die Schulter: Wo gibt es das heute noch?
Mutter ist anderer Meinung. Opa solle ihrem Sohn keinen Floh ins Ohr setzen. Womöglich würde Jochen noch Berufssoldat. Jochen will protestieren. Aber sie redeten weiter. Wer wisse, ob ihr Sohn nach den fünfzehn Monaten wieder Anschluß finde ans Zivile. Die Zeiten seien nicht mehr so, daß man jedem Ingenieur nachlaufe. Nir-

gendwo auf der Welt. Alle drei Jahre, Jochen habe es selber gesagt, müsse er eigentlich wieder auf die Schule, so schnell ändere sich die Technik.
Was der Jung dagegen machen könne, überlegt Vater.
Mutter schüttelt den Kopf. Ihm bleibt doch nichts anderes übrig. Sie sieht ihren Sohn an.
Einige von uns haben verweigert, sagt Jochen.
Neinneinneinnein. Opa fuchtelt mit dem Arm in der Luft. Feigheit verdirbt.
Schaden könne der Wehrdienst wohl nicht, meint Vater. In seiner Werkstatt seien jetzt drei vom Bund zurückgekommen. Gerade im Lastwagenfach hätten die viel dazugelernt. Seien auch etwas ruhiger geworden, vernünftiger. Halten besser auf sich.
Geh man ruhig hin, Jochen, sagt Vater.
Richtig dagegen bin ich nicht, sagt Jochen. Aber auch nicht hundertprozentig dafür.
Appetit kommt beim Essen. Opa hat sich beruhigt.
Jochen reizt die Veränderung. Sich ins Ausland absetzen kann er sowieso nicht. Jetzt, wo er erfaßt ist. Wenn er es versuchen würde, schnappen die ihn per Interpol. Außerdem wäre man mal wieder draußen in der Natur, würde Sport treiben. Die Armee hat ja auch einen hohen technischen Standard. Vielleicht zu den Raketen oder so. Jedenfalls besser als Altersheim oder Krankenhaus.
So viel läuft im Zivilen ja auch nicht.

Der Feldwebel von der Kleiderkammer war gut sortiert. Er befahl jedem Rekruten stillzustehen, um die Figur zu schätzen, erkundigte sich nach der Schuhgröße, gab dem assistierenden Gefreiten die Größen an, und innerhalb von zwei Minuten lagen sämtliche Hemden, Hosen, Jakken, Mäntel, Schuhe, Stiefel, dazu Stahlhelm mit Tarnnetz bereit. Und zwar passend.

Sperber war an der Reihe. Er hatte wie die anderen vor ihm aus seinem Stoffhaufen die grauen Diensthosen und die Arbeitshosen, die Stiefel und Schuhe herauszufischen, um zu prüfen, ob sie saßen. Alles saß.
Erprobung der Kleidungsausrüstung: Dienstanzug anziehen, vor den Block raustreten, zurück auf die Stuben, Dienstanzug aus, Arbeitszeug an, raustreten, zurück auf Stube, Arbeitszeug aus, Sportzeug an, aus, Ausgeh an, Ausgeh aus, Kampfzeug an. Immer vom ersten Stock nach unten und wieder hoch. Das Ganze zwei Stunden lang. Maskenball.
Im ersten Viertel bleiben. Nur nicht schon am zweiten Tag auffallen.
Dann wieder Hemden falten, Stapel ausrichten, Socken einrollen. Unmittelbar anschließend: Spindappell. Die Unteroffiziere ließen die Rekruten einen nach dem anderen ihre Schränke öffnen und inspizierten die Fächer. Alle fielen auf. Die Nachappelle gingen bis nach Dienstschluß. Beim Maskenball wird das Zeug geschmeidig und der Mann auch, meinte Kubik beim letzten Stubendurchgang.
Der zweite Tag ging zu Ende. Alle in den Betten. Sperber lag auf dem Rücken und starrte an die nahe Zimmerdecke. Es kam ihm so vor, als wäre er schon Wochen hier.
Ein Trompetensolo wimmerte von draußen herein. Langsam lauter und sicherer.
Der amerikanische Zapfenstreich, wußte Heimann. Kassette? fragte Eddie. Guck doch raus, zischte Heimann von seinem Fensterplatz. Den Vorhang hatte er zurückgezogen.
Draußen, wohl in der Mitte des Appellplatzes, goldfarbene Reflexe. Dann war eine Trompete zu erkennen und schließlich, am Ende eines allmählich deutlichen langen

Schattens, ein Soldat. Die Melodie erinnerte Sperber an einen alten amerikanischen Kinostreifen. Verdammt in Ewigkeit oder so. Der blecherne Ton da draußen folgte viel zu langsam und in höheren Lagen zitternd der Melodie, die Sperber summte.
Alle lauschten sie. Ergriffen von so einem abgestandenen Ohrwurm, durch keinen Discosound zu modernisieren. Das Schweigen kam Sperber wie nationale Gedenkminuten nach einem großen Unglück, wie ein Schwur vor. Und die Zeit, gerade erst angebrochen, lag vor ihm wie diese verdammte Ewigkeit da. Nur daß es kein Kino war. Notausgänge nicht bekannt.
Was der Chef wohl von ihm wollte.

3.

Am Morgen des dritten Tages überprüfte Sperber seinen Dienstanzug vor dem Spindspiegel. Einmal etwas entfernt fürs Brustbild. Dann näher heran: Porträt. Auf dem Revers die gelbblauen pelzigen Kragenspiegel mit der Luftwaffenschwinge, dann das Graublau vom Kragen, das Dunkelblau der Krawatte. Daraus stieg sein rohrasierter Hals mit Schürfwunden an der Kehle. Er drehte sich leicht seitlich, stellte das Kinn höher. Das Schiffchen auf dem Scheitel setzte bei der Nasenwurzel an und endete oben am Wirbel. Er grinste. Das Gesicht so hervorstechend aus dem fremden Tuch rundherum.
Über den Korridor laufen. Die Füße an die Stiefel gewöhnen. Den Hosengurt richtig einstellen, für die Freiheit im Schritt. Vor dem großen Kontrollspiegel im Treppenhaus am Ausgang sah er sich in ganzer Länge. Wie sich das graue Tuch der Hosenbeine über das schwarze Leder der Stiefel legte. Es war nach innen gefaltet und dort – ein Tip von Kubik – mit einem doppelten Paketgummi am Stiefelschaft festgehalten. Er hätte sich die Hosen gern enger machen lassen, strammer, körper-

näher. Das steife hell-olive Leinenkoppel war schon gut so, es raffte alles Lockere zusammen. Eng schnallen, das verlieh ein Gefühl von Körpermitte. Sicher hätte man es auch in einem leicht verschärften Design ausführen können: schwarzes Leder, Alu-Schloß, irgendein Adler oder so was drauf. Im Zivilen würde er sich so ein Koppel nicht getraut haben.

Die Uniform war zum Strammstehen geschneidert. Mit der Uniform war über die Zirkustruppe etwas Einheitliches gekommen. Die Stiefel hoben die Männer noch ein Stück höher als ihre Absätze vermuten ließen. Alle, die er gestern noch an ihren Hemdenmustern, Jacken und Pullovern unterschieden hatte, waren jetzt gleich gekleidet. Aber er fand nicht, daß sie das gleich machte. Im Gegenteil, die Gleichheit der Kleidung forderte gerade dazu heraus, sich auf wichtigere Unterschiede zu konzentrieren: Gesichtszüge, Sprache, Bewegungen.

Sperber klopfte an die Tür zum Geschäftszimmer. Er streifte die Falten unterm Koppel nach hinten. Kannst du nicht lesen?! schrie jemand von innen, nicht klopfen! Sperber öffnete und stellte sich an den Tresen. Kanonier Sperber. Er legte die Hand an den Mützenschirm.

In Ordnung, sagte einer mit zwei kleinen schrägen Streifen am Arm, den er schon kannte. Erinnere mich. Ich heiße Mollog, Obergefreiter. Und?

Ich soll mich beim Batteriechef melden.

Wunderbar, da bringe ich dich erst mal zum Spieß.

Er blieb an einer Tür stehen.

Der Ingenieur, nicht?

Die Tür ging auf. Ach ja, der mit der gelben Kordel.

Der Hauptfeldwebel zog ihn in sein Zimmer.Schon eingelebt bei uns? Kleiner Tapetenwechsel kann nicht schaden. Ihren Ingenieur werden Sie jetzt erst einmal ein bißchen vergessen. Sperbers Blick hing wieder an den Messingwinkeln des Hauptfeldwebels.

Die müden Knochen wollen geölt sein. – Der Batteriechef will Sie sprechen. Ich melde Sie an. Ziehen Sie mal den Binder stramm!
Ja. Jawohl.
Jawohl, Herr Hauptfeldwebel, sagen wir da besser.
Der Spieß klopfte an die nächste Tür und öffnete sie gleich. Kanonier Sperber ist da, Herr Hauptmann.
Er soll reinkommen.
Guten Tag, Kanonier Sperber.
Sperber trat vor den Schreibtisch. Guten Tag, Herr Hauptmann.
Er war ein paar Zentimeter größer als Sperber. Er erhob sich, steckte eine Hand in die Hosentasche, kam hinter dem Tisch hervor und trat an Sperber heran. Wie ich sehe, haben Sie eine ansehnliche Berufsausbildung hinter sich.
Er ging wieder zum Tisch, nahm eine Akte auf und blätterte. Sie wissen, daß Sie, wenn Sie militärisch nicht gerade total versagen sollten – aha, Sie waren als Langläufer aktiv – na ja, also daß Sie dann fast im Schnellverfahren die Technische Offizierslaufbahn machen können.
Hauptmann Buster lächelte ihn an. Marlborotyp. Zwischen fünfzig und sechzig. Seine dunkelblauen Augen in den knochigen Höhlen hatten kleine dreieckige Liddächer, und die Brauen standen wie Büsche am Abgrund. Jetzt blitzte aus dem Mundinneren etwas Gold auf. Bis auf eine kleine Aufnahmeprüfung, die Ihnen nichts ausmachen wird, steht dem Leutnant dann nichts mehr im Wege. Ihre Ausbildung verkürzt sich natürlich gegenüber den Reserveoffiziersanwärtern ohne technische Vorbildung beträchtlich. Auch die Anschlußlehrgänge sind für Sie entsprechend kürzer bemessen.
Sich diesem Gesicht zu entziehen, war nicht leicht. Sperber zwang sich, wegzusehen. Auf die Wand.

Da hing wieder der Bundespräsident. Er blickte zum Bücherregal. Auf die weißen Raketen an der Wand hinter dem Schreibtisch.
Sie haben noch nie darüber nachgedacht? Setzen Sie sich doch.
Sperber setzte sich.
Der Batteriechef nahm wieder hinter seinem Schreibtisch Platz. Sie sehen nicht so aus, als könnten Sie Ihre Ansichten und Absichten nicht vertreten. Also, was halten Sie davon?
Herr Hauptmann –
– Vergessen Sie die Vorteile nicht, Sperber. Das interessante technische Arbeitsfeld mit seiner großen Verantwortung. Die pädagogische Aufgabe ist auch nicht zu unterschätzen. Ich muß Ihnen nicht erzählen, daß mit dem höheren Dienstrang auch ein anderer Umgang mit einem gewissen Niveau, eine interessantere Besoldung verbunden wäre. Sie besuchen die Offiziersschule der Luftwaffe und könnten schon nach einem Dreivierteljahr Leutnant sein. Wenn Sie sich dann weiterverpflichten würden, sagen wir mal für vier Jahre, kämen Sie zum Schießlehrgang nach Fort Bliss, Mexiko. Und jährlich dann nach Kreta. Sie sehen ein bißchen was von der Welt. Unsere Truppe braucht Technische Offiziere mit einer modernen Ausbildung, wie Sie sie genossen haben. Na?
Sperber hing noch diesen beiden Wörtern nach, Mexiko, Kreta. Er fuhr hoch. Ja, gedacht hatte er schon daran, aber nicht ernsthaft. Die fünfzehn Monate wollte er schnell und ohne Aufwand hinter sich bringen. Und dann erst mal weg. Aber das konnte er dem da jetzt nicht sagen.
Nur: Herr Hauptmann, darf ich es mir noch einmal überlegen?
Selbstverständlich, Sie haben bis zum Ende der Grundausbildung, also fast drei Monate, Zeit mit Ihrer Entscheidung. Auch ich muß natürlich die Gewähr haben,

Sie für die Einreichung bei der Offiziersbewerber-Prüfzentrale angemessen beurteilen zu können. Sperber, Sie können jederzeit zu mir kommen.
Sperber spürte wieder diese Anziehungskraft. Die dunkle, etwas knarrende Stimme, die langsame, deutliche Sprechweise waren vertrauenerweckend. Der Hauptmann wirkte trotz seines großen Aufgaben- und Verantwortungsbereiches keineswegs gestreßt, sondern ruhig und mit dem, was er tat, einverstanden. Der hob sich von allen Dienstgraden, die Sperber bisher zu spüren bekommen hatte, wohltuend ab.
Buster gab ihm die Hand. Melden Sie sich bei Ihrem Zugführer zurück.
Der Obergefreite Mollog sah ihn neugierig an. Alles gelaufen?
Mollog schien informiert zu sein.
Noch offen.
Mollog flegelte sich über den Tresen. Noch offen? Würde ich mir gut überlegen, hör mal. Bei deiner Ausgangsposition! Hast du etwa Lust auf *so was* hier? Ein Jahr lang? Er zeigte auf die Aktenordner.
Nein, aber Raketenstation ist ja wohl interessanter.
In der Walachei? Dreischichtendienst? Wache-Bereitschaft-Schlafen-Wache-Bereitschaft-Schlafen? Mann, geh mir weg. Jeden Tag Drill am Gerät, Justieren, Chekken undsoweiter. Und immer kann dir ein kleiner Uffz ins Gehirn treten. Frag mal andere, die auch schon länger dabei sind. Mit diesen zwei Schrägbalken am Arm, nächstes Jahr krieg ich vielleicht den dritten, und dann ist der Höhepunkt der Mannschaftslaufbahn erreicht, also mit so was am Arm wirst du doch nur milde belächelt. Du kannst froh sein, wenn du außer Bier sonst noch was hast. Und Frauen, naja die stehen nicht auf Soldaten. Übrigens, Mollog hielt die Hand an den Mund, ein Hauptgefreiter von der Fahrzeugstaffel hat

sich gestern verabschiedet. Rohr an den Gaumen. Sofort toter Mann. Den hatten sie strafversetzt nach hier. Und dann noch mal Beförderungssperre. Seine Verlobte hat einen anderen, weil er nur noch soff. Und das als Fahrer. Gestern hat er noch den Bataillonskommandeur von der Standortkommandantur zurückgefahren. Ihn aber nicht abgeknallt. Kommandeursauto schön sauber geparkt, verstehste, Schlüssel und Papiere ordnungsgemäß bei der Staffel abgegeben. Heiliger Bund! Also überleg dir das.

Letztes Semester, Physik, Strömungslehre – Der Propeller. Jochen Sperber versucht, für die bevorstehende Klausur die Grundsätze der wichtigsten Propellertheorien mitzuschreiben. Strahltheorie. Flügelblattheorie. Wirbeltheorie. Das einz. Flügelbl. d. Prp. wird durch geb. Wirbel ersetzt, dessen Stärke von 0 an Nabe üb. Max. wieder auf 0 an Blattspitze variiert. Wirbelband Gestalt von Schraubenfläche. Bisher, sagt Dr. Klein, sei eine exakte theoretische Beschreibung des Propellers noch nicht gelungen. Man stütze sich auf experimentelle Ergebnisse. Er zeigt auf eine Schautafel mit einem Propeller-Kennfeld nach Prandtl. Jochen malt mit verschiedenen Filzstiften die Kurvenlinien in den Block mit Millimeterpapier. Dr. Klein geht jetzt zu dem Anschauungsmodell eines Flugzeugpropellers, das am hinteren Ende des Hörsaals aufgestellt ist. Bitte kommen Sie doch mal mit nach hinten. Die Flügelblätter sind in verschiedenen Entfernungen von der Drehachse abgeschnitten. Sie sehen hier sehr gut zur Nabe hin das wulstige Profil, – aerodynamischer Auftrieb gleich Null – zur Mitte und zur Flügelspitze hin dann – er fährt mit den Fingerspitzen die Schnittkante des nächsten Flügels entlang – die leicht konkave Unterseite mit höherem Auftriebswert. Wir

kommen jetzt zu den Vortriebskräften, ich habe Ihnen zu diesem Zweck ein Schaubild mitgebracht . . .
Mehr Blut ins Gehirn bekommen. Sperber schüttelt kurz und kräftig den Kopf. Er versucht es auch mit Nackenkreisen. Es knackt. Diese Schautafeln kann er nicht mehr sehen. Er muß schon von Flügelwindungen, Vorstellpropellern und Evolventenverzahnungen träumen.
Den Arsch auf den Stuhl geleimt. Hier ist das Informationsbüro Sperber und Co. Was möchten Sie bitteschön wissen? Vielleicht den Wirkungsgrad einer dreistufigen Dampfturbine oder lieber den Kolbenreibungskoeffizient einer Viertakt-Verbrennungsmaschine? Oder etwa die Ursache der interkristallinen Korrision bei Stahlvernickelungen?
Und heut abend? Klar, da soll im „Logo" ein ganz gutes Konzert sein. Im „spot" ein Woody-Allen-Streifen. Man könnte sich auch mal die neue Dire Straits Scheibe anhören – das bringt schon mal ein bißchen auf andere Gedanken. Für eine Stunde oder zwei. Aber wenn die Schau vorbei ist, hast du nur was Dünnes zwischen Daumen und Zeigefinger. Eine Eintrittskarte, eine LP, ein paar beschriebene Seiten aus dem Ringhefter, Propellertheorien. Wenn bloß endlich mal einer einen Propeller *anschmeißt*, ein bißchen Wind macht. Die Schaubilder in die Strömung wirft. Wollen wir mal sehen, wo da alles hinfetzt. – Ob beim Bund mehr los ist? Susanne ist abgehauen, einfach so. Weg.
Jetzt erst mal diese letzte Klausur.

4.

Als Sperber vom Chef bei seinem Zugführer zurückmeldete, übte die Batterie das Gehen in Marschordnung. Er sollte sich einreihen. Sein Blick war an Heimanns Hintern geheftet, gegen den er jedesmal zu prallen drohte, wenn es hieß Gruppe – halt! Das Bewegen in Marschord-

nung erforderte, wie Leutnant Wolf von der Seite hereinrief, höchste Konzentration. Erlernen Sie es wie der Yogaschüler den Yogasitz! Wie der Tanzschüler den Cha-cha-cha! Bilden Sie sich nicht ein, den menschlichen Gang schon zu beherrschen!
Sperber forschte nach seinen am Gehen beteiligten Muskeln, Sehnen und Gelenken. Vielleicht etwas mehr auf den Vorderfuß federn. Oder das Becken leicht vorhalten. Er schwankte zur Seite, dann nach vorn. Schon schoß er mit dem rechten Schuh unter Heimanns rechte Sohle. Heimann streckte sein fleischiges Bollwerk achteraus, so daß Sperber mit seinem vorgestellten Becken voll auflief.
Marschieren in Reihen.
Wolf inspizierte die einzelnen Gruppen des Zugs. Er erklärte, daß man nicht einfach vor sich hinzusehen habe, sondern geradeaus und in den Nacken des Vordermannes. Die Arme nicht einfach hin- und herschlenkern, sondern jeweils schräg vors Koppelschloß bzw. den Gürtel. Die Knie müßten beim Auftreten elastisch federn. Sie dürften nicht schlackern. Besonders wichtig sei die natürlich herausgestreckte Brust und der natürlich gespannte Arsch. Nicht der schlotternde. Und Tuchfühlung halten zu Vordermann und Nebenmann.
In einem unbewachten Augenblick, als auch Kubik sich für ein paar Korrekturen am hinteren Ende der Gruppe aufhielt, riskierte Sperber einen Blick über den Appellplatz. Etwa zwanzig Gruppen holten mit zehn bis zwölf Mann in Gänsemarsch-Kolonnen und Dreierreihen den Aufrechten Gang nach. Es erinnerte ihn an die Einlagen von irgendwelchen Schalmeientruppen oder Polizeiformationen bei Bundesligaspielen während der Halbzeit.
Es wurde wieder in Dreierreihen marschiert.
Die Körperlängen waren von vorn nach hinten gestaffelt,

die Körperbewegungen regelte schon das Links-zwo-drei-vier des Vierertakts. Wolf sagte, gegen Ende der Grundausbildung würden die Körperbewegungen und die Kopfhaltung so weit entspannt sein, daß die Kameraden sich regelrecht ähnlich seien. Der Streß von Schule und Beruf verschwinde förmlich aus den Gesichtern.
In einer Kehre stolperte Scheck über seinen eigenen Stiefel. Er stützte sich beim Vordermann ab. Auch der kam aus dem Tritt, fand aber gleich in den Takt zurück. Scheck tänzelte jetzt mit winzigen Schritten in den Lükken zwischen den Stiefeln herum, die von vorn und hinten taktgemäß in seine Lücke schlugen.
Scheck, hoffentlich wirds bald!
Scheck fiel jetzt voll gegen seinen Vordermann, der stieß ihn nach hinten ab, dann auf den Hintermann, der schubste ihn nach vorn. Scheck flog aus der Kurve und fiel hin.
Mann stehen Sie auf! Sind wohl total verrückt geworden, Sie! Abteilung Halt! Der Zug kam zum Stehen. Links um! Der Zug wendete um 90 Grad. Sie bleiben im Stillgestanden!
So, nun zu Ihnen, Scheck. Stehen Sie endlich auf!
Scheck kam ungelenk hoch, schwankte, rückte den Stahlhelm in die Stirn, zupfte den Rock durchs Koppel und stand wie ein Rohr im Wind. Stillgestanden, Kanonier Scheck! Scheck klopfte die Hacken zusammen. Die Arme waren wie zwei ungleiche Henkel einer brüchigen Vase an die Hüften gepreßt. Sein Körper kippte leicht nach vorn, Scheck konnte sich abfangen, in dem er den linken Fuß vorstellte. Wer hat was von Rührt Euch gesagt: Stillgestanden, Sie Vogel! Sagen Sie mal, haben Sie kein Taktgefühl, links-zwo-drei-vier – das begreift doch eine Bergziege! Ich gebe Ihnen jetzt Gelegenheit, den Takt zu üben. In Liegestütz-fallt! Scheck bückte sich und streckte sich auf dem Erdboden aus. Umständlich stützte

er sich dann auf die Hände. Der Hintern stand hoch. Der I. Zug kicherte.
Der Arsch bleibt unten, rief Wolf, dieser Dressurmeister, der ganze Körper flach wie eine Blattfeder! Und im Takt jetzt: Eins- und zwei- und drei- und vier! Machen Sie in diesem Tempo bis zehn weiter. – Nun zu Euch, Kameraden. Stillgestanden das heißt: Keinen Pieps! Erstes Glied vier Schritte vor, drittes Glied vier Schritte zurück! I. Zug in Liegestütz-fallt!
Sechsunddreißig Mann pumpten. Fürs Vaterland, wie Wolf es nannte. Zehnmal. Er verlor Scheck nicht aus den Augen: Sie haben mich um zwei Liegestützen betrogen, Scheck! Dafür holen Sie fünf nach.
Es geht nicht mehr, Herr Leutnant.
Dann üben wir es, Kanonier Scheck. Auf! In Liegestütz-fallt!
Scheck ließ sich auf die Hände fallen, die Arme knickten ihm ein. Er blieb liegen. Kommen Sie hoch! Scheck kam nicht. Hören Sie nicht?! Scheck hörte nicht. Er legte den Kopf auf den Arm.
Befehlsverweigerung?!
Der kann doch wirklich nicht mehr, Herr Leutnant!
Kanonier Sperber, treten Sie vor. Was mischen Sie sich in die Angelegenheiten Ihrer Vorgesetzten?
Scheck ist ein Kamerad von mir.
Wolf stemmte die Hände in die Taille: Verbrüderung? Halten Sie sich da raus, Sperber. Zu Ihnen komme ich noch. Treten Sie zurück. Der Beschwerdeweg steht jedem offen, aber erst mal wird der Befehl befolgt. Los, Scheck, hochkommen.
Scheck versuchte es. Fiel wieder. Eddie rief: Schleifer!
Wolf: Wer war das?
Hier, Kanonier Müller.
Müller, jetzt sind Sie dran. Los, fallen.

Eddie ließ sich neben Scheck zu Boden fallen. Fing sich elastisch auf.
Los, zehnmal.
Eddie machte rasch hintereinander zwölf.
Können Sie nicht bis zehn zählen? Ich habe zehn gesagt, und Sie machen zwölf. Nun acht dazu, damit es eine runde Zahl gibt.
Eddie machte zehn dazu.
Müller, wenn Sie mich verarschen wollen. Zur Strafe nochmal acht. Eddie machte jetzt exakt die dreißig voll. Sonst noch etwas, Herr Leutnant? fragte er mit gesüßter Stimme.
Ab ins Glied!
Scheck war wieder zu sich gekommen. Er hatte mit größer werdenden Augen den Weltmeister neben sich angestaunt. Wolf schickte ihn auf die Stube. Zur Besinnung, wie er sagte.
Als alle zur Pause nach hinten wegtraten und die Zigaretten herausgeholt wurden, rief Wolf Sperber zurück. Merken Sie sich eines: *Kameradschaft ja – Solidarität nein.* Wenn Sie die Offizierslaufbahn machen wollen, empfehle ich Ihnen Zurückhaltung.
Ob ich Offizier werden möchte, muß ich mir noch gut überlegen, Herr Leutnant.
Aus dem Gesicht von Wolf war alle Straffheit gewichen. Der kleine runde Mund stand offen. Dann faßte der Leutnant sich wieder, hängte die Daumen ins Koppel, wippte über Hacken und Ballen. Er grinste.
Sie sollten es wirklich noch einmal bedenken – Herr Kanonier! Wegtreten!

5.

Die Tage der ersten Woche brachte Sperber in einer bewußtlosen Geschäftigkeit hinter sich. Durch Anpfiffe (genannt Anschisse) und durch Kommandos ständig zu

vordergründiger Konzentration ermahnt, unfähig zur Besinnung. Nur aufs Allernächste, Unmittelbare gerichtet: Fehlerfreies Bewegen der Körperteile. Vorschriftgemäße Anzugsordnung. Exaktes und vollständiges Ausführen der Befehle. Pünktliches Antreten zum Dienst, dienstplangemäßes Einnehmen der Mahlzeiten sowie absolutes Einhalten der Nachtruhe. Er hätte sich draußen nicht vorstellen können, daß sowas einen Menschen total in Anspruch nimmt, keinen Raum mehr läßt für Erinnerungen, Überlegungen, intensivere Gespräche.
Mit Raketenausbildung, mit Waffen war er bisher nicht in Berührung gekommen. Erst wird der Mann gelenkig gemacht, dann spitzen wir ihn an, und zum Schluß, wenn er darauf scharf gemacht ist, gibt's auch Waffen, erklärte Kubik einmal. Der war nie um kernige Sprüche verlegen, wenn es darum ging, auf ungeduldiges Nachfragen beruhigend und ermunternd zu reagieren.

In der zweiten Woche endlich gab es das G 3.
Die Waffenkammer lag hinter einer doppelten Luftschutzkellertür, die er bisher nicht beachtet hatte. Der Versorgungs-Unteroffizier, VU, legte die massiven Riegel um und öffnete das Sicherheitsschloß. Vor dem eigentlichen Lager ein dicker Holztresen in Bauchhöhe, die Bohlen rundgewetzt und genarbt. Es roch nach gefettetem Stahl. Die Kellerfenster gingen auf eine Erdgrube, in der das Tageslicht hängen blieb. Der Waffenraum wurde durch vibrierende Leuchtstoffröhren erhellt. Sperbers Augen brannten wie sonst nur im Kaufhaus, doch schon bald konnte er etwas erkennen. Wie das die Regale durchbog, vom Estrich bis an die gewölbte Decke! Schnellfeuergewehre, Maschinenpistolen, Panzerfäuste, die meisten Waffen noch in steife Plastikhaut verpackt. Wie in einem Terroristenarsenal. Da müßten doch draußen mindestens drei Wachposten auf- und ab-

laufen. So was Kriminelles sollten sie jetzt also in Empfang nehmen. Da fiel ihm die Konfirmation ein: Man wurde für erwachsen erklärt, reif plötzlich für bisher Verbotenes.

Der Versorgungs-Unteroffizier mußte eine besondere Sicherheitsstufe besitzen. Wo der überall drankam.

Die Gewehre stammten aus US-Beständen. Sie sollten schon in Vietnam gewesen sein, jedenfalls waren sie gebraucht. Hier wurden sie deshalb als minderwertige Übungswaffen eingesetzt. Hoffentlich schießt das noch geradeaus, sagte Bartels, als er es erfuhr.

Kanonier Sperber!

Hier!

Merken Sie sich die Nummer! Prüfen Sie, ob alles dran ist.

Der VU legte ihm das Gewehr auf den Tresen. Prüfen? Was sollte schon fehlen. Abzug war dran. Patronenlager. Magazin. Rohr. Trageriemen. Schulterstück. Viel mehr kannte er nicht.

Hüten Sie es wie Ihren Schwanz! Immer schön ölen!

Jawohl!

Dann hielt er sein Gewehr in den Händen. Weihnachten ohne Glitzer.

Das G 3, etwa zehn Pfund schwer, zerrte an seinen Armmuskeln. Er griff langsam mit den Fingern um den Gewehrschaft. Eine glatte, handliche Maschine, fand er. Er sah die anderen. Die Gespräche hatten aufgehört. Sie hängten ihre Gewehre um. Jetzt waren sie bewaffnet. Schwer stiegen sie die Treppen aufwärts. Das Schlagen der Absätze auf den Korridorfliesen schien härter geworden zu sein.

Erste Unterrichtsstunde am G 3. Auf dem Resopaltisch von Stube 11 zerlegte Kubik das Gewehr in seine Einzelteile, ordnete sie und stellte sie vor: Verschlußträger, Schließfederrohr, Sperrhebel, Verschlußknopf, Steuer-

stück. So viele Wörter mit S trieben ihm Speichel auf die große Unterlippe. Er leckte sie. Dann nannte er Schlagbolzen und Schlagbolzenfeder. Feuerdämpfer, Hahn, Abzug. Sperber merkte sich kaum eine Bezeichnung, er hatte nur die Klänge im Ohr. Die Silben so rund und gefettet, mit Kubiks Speichel ölig lackiert wie die Innereien des Gewehrs. Beim Auseinandernehmen wurde keine Schraube gelöst, kein Splint gezogen, ein schönes Steckspielzeug, sah kinderleicht aus, trotzdem kompliziert wie ein Uhrwerk. Forschung, Erfahrung, Pflege. Das weltbeste Schnellfeuergewehr, verkündete Kubik. Genau. Strapazierfähig. Sie werden es bald wissen.
Kubik hatte sein Handwerk gut gelernt. Schon vier Jahre in Uniform hatte er hinter sich. Zwei standen ihm noch bevor. Er war ruhiger als die meisten anderen Gruppenführer, die – viele gerade kurz vor diesem Rekrutenjahrgang befördert – noch besonders diensteifrig waren. Als er auf den Schlagbolzen zu sprechen kam, lag Eddie Müller schon fast auf dem Resopaltisch. Wie im Trance hatte er Kubik die Teile nacheinander aus der Hand genommen. Er befingerte die Schlagbolzenspitze. Neugierig, erregt. Kubik ließ ihn. Wenn die Spitze da herausschnellt ins Zündhütchen, dann spritzt es los, sagte er. Heimann zog Eddie wieder auf den Stuhl zurück. Eddie traf Heimann mit der Handkante am Arm. Bist du hier Uffz, oder wie? Der zähe Zwerg am Fleischbrocken. Heimann: Ist ja schon gut.
Draußen auf dem Platz erklärte Kubik dann Gewehrhaltung, Zielen, Schußabgabe. Ein Gewehr war auf einem Stativ montiert. Jeder mußte es auf die Zwölf einer Zielscheibe einstellen und zurücktreten. Das Griffstück wird saugend-schraubend umfaßt, meine Herren. Dann korrigierte er. Verkantet, hoch. Tief. Rechts. Links. Und dann die Ziffern auf den konzentrischen Zielkreisen.
Auf der Stube nahm Sperber sich sein G 3 genauer vor.

Spannte es. Der Greifer langte zum leeren Magazin runter, krallte sich zusammen, glitt hoch, das Schloß drückte die imaginäre Patrone ins Patronenlager. Er ließ den Spannhebel los, legte den kleinen Hebel am Gehäuse herum. Ein roter Punkt kam zum Vorschein. Das Gewehr war entsichert. Er faßte um den Bügel, der den Abzugshahn schützte, preßte den Griffboden zwischen Brust und Schulter, hob mit der Linken das Rohr in die Höhe des Mützenfachs und versuchte, Auge – Kimme – Korn zu peilen. Aber im Spind war es zu dunkel, also schwenkte er vorsichtig in Richtung Fenster, hielt auf das Fensterkreuz, aber entweder kam die Kimme scharf oder das Korn. Der Zielpunkt blieb unscharf. Jetzt wurde das Kreuz scharf, das Korn auch fast, aber die Kimme verschwand. Das Zielen war doch so überhaupt nicht möglich. Er nahm dann draußen den Block von der 6. Batterie, erst etwas unscharf, dann bekam er auch Kimme und Korn so einigermaßen scharf voreinander.
Plötzlich draußen ein oliver Fleck, der sich bewegte. Er ließ die Visierlinie mitwandern. Sie tanzte. Jetzt Zeigefinger vom Bügel. Rauf auf den Abzugshahn. Druckpunkt. Er drückte ab, ein helles schönes Klicken ins Leere.
Leutnant Wolf trat in die Stube.
Achtung! rief Heimann. Sperbers Gewehr fiel Wolf vor die Füße.
Auf wen haben Sie angelegt!?
Nur so, ohne Patrone.
Auf Menschen wird hier nicht gezielt! Merken Sie sich das!
Nur auf Tiere! rief Bartels dazwischen.
Name?
Kanonier Bartels.
Sie melden sich beim Spieß. Heute abend Feuerwache.
Jawoll, Herr Leutnant. Sonst noch ne Idee?

Treten Sie mal näher und hauchen Sie mich an.
Bartels machte die paar Schritte zu Wolf und rammte ihn kurz und trocken, so daß der rückwärts gegen die Tür polterte.
Bartels stand stramm. O Verzeihung, Herr Leutnant, ich habe Sie nicht gesehen, gegen Abend läßt meine Sehkraft immer etwas nach. War nicht so gemeint, sagte er und schmiß den Kopf ruckartig nach hinten, als wollte er Haarsträhnen aus der Stirn schleudern.
Ich meine – Bartels drehte sich auf einer Ferse nach hinten – ihr werdet es bezeugen, manchmal können meine Augen abzeichenmäßig nicht mal einen Unteroffizier von einem Offizier unterscheiden. Und ich lege darauf durchaus einen gewissen Wert, Herr Leutnant.
Die anderen kicherten.
Wolf sah Bartels in die Augen. Ich warne vor Wiederholung, Kanonier Bartels. Ihre einzige Chance wäre Paragraph 51. Er knallte die Tür.
Eddie nickte Bartels zu, wunderbar, verschärft, und drückte ihm den Arm. Gib zu, du bist besoffen!
Bartels schüttelte die Hand ab. Er sah plötzlich sehr ernst aus.
Sein Blick streifte Sperber. Der zwinkerte ihm zu.
Bednarz hielt es für unklug, Leutnant Wolf, der zugegebenermaßen ein etwas primitiver Zeitgenosse sei, in so offenkundiger Weise zu provozieren. Alle hätten anschließend darunter zu leiden. Wie denn so die Meinung sei. Er sah zu Heimann.
Er begreife nicht, sagte der, was man hier gegen Wolf habe. Der mache doch nur seinen Dienst. Nach Dienstschluß sei der ganz anders.
Verstehe, bemerkte Sperber.
Wohl schon mal einen ausgesoffen, was? Eddie schnalzte mit der Zunge, es klang wie glucksendes Bier.
Scheck saß bleich und stumm auf seinem Bett.

An einem Morgen, wenige Tage darauf, legte Kanonier Heimann zu Dienstbeginn nicht wie die anderen den Sportanzug an, sondern blaue Ausgehkleidung mit weißem Hemd und blauem Binder. Er hatte an seinem Rock unten einen Knopf geöffnet. Das war erlaubt. Heimanns Sachen schienen alle eine Nummer zu klein gewählt. Er streckte und preßte sie, bis sich sein wulstiger Körper gegen die Kleider-Sollgröße durchgesetzt hatte. An so einem versagte die Uniform. Die Unteroffiziere ließen ihn so laufen. Heimann hatte sich mit seiner Eigenart durchsetzen können.
Hast Du was Besseres vor? fragte Eddie.
Bist neugierig, sagte Heimann.
Da entdeckte Eddie die Streifen an Heimanns Schulterklappen. Lametta! Welches Licht in dieser Stube! Bald ist er Fahnenjunker. Dann Gutenacht.
Heimann ließ sich heute mit dem Antreten Zeit, stieg zwar nicht gerade gemächlich, aber doch eben nur so rasch treppab, daß die aufsehenden Dienstgrade nicht genötigt waren, ihn anzupfeifen. Jedenfalls wahrte Heimann seine Souveränität. Hundertachtzig Pfund mit Abitur und Silberstreifen – da war schwer gegen anzustinken.
Nach dem Appell verriet Mollog an der Pißrinne, daß Heimann Sonderurlaub gekriegt hatte. Nach Eingabe von Wolf. Er mußte für seinen Vater in der Stadt einen Kundenbesuch abstatten. Er hätte sogar auch Zivil tragen dürfen. Wollte er nicht.
Sag mal, willst noch immer nicht die Offizierslaufbahn?
Sperber antwortete nicht.
Es sind nicht alle so wie Wolf. Bei den Raketen haben sie den doch nicht brauchen können. Er tippte Sperber an die Schläfe: Da oben, verstehste. Der ist strafversetzt zur Rekrutenbatterie.

Beförderungssperre wegen Alkohol im Dienst.
Sperber hatte für plumpe Berührungen nicht viel übrig.
Mollog schüttelte sich vehement und ausdauernd trokken. Dann knöpfte er wieder zu, rülpste, baute sich direkt neben Sperber auf, der noch nicht fertig war. Er roch nach Paprika und Bier.
Animalisch ist der, sag ich. Er schubste Sperber gegen die Kacheln. Du könntest es besser machen. Ich wünsch dir was.

Als Heimann nach Dienstschluß in die Stube trat, nahm er eine Klarsichthülle aus der Seitentasche seines Diplomatenkoffers und ließ sie auf den Resopaltisch klatschen. Prospekte von Wohnwagen. Den Koffer legte er unters Bett. Eddie, der gerade Postkarten schrieb, fischte sich gleich einen Prospekt heraus. Auch Scheck und Bednarz nahmen einen. Da holte Heimann den Koffer wieder hervor, öffnete ihn und ließ vier Fahrzeuge vorfahren: Drei Caravans und einen Mercedes. Eddie griff sich den Mercedes, kuppelte ihn vor den kleinsten Wohnhänger und brummte los. Kein Fahrzeug länger als zehn Zentimeter. Er fuhr eine Spirale, immer enger und brachte den Zug zum Stehen. Wie ein Hund, der ein paar Mal um den Ruheplatz kurvt, bevor er ihn besetzt. Er kuppelte den Triebwagen ab, bockte den Hänger mit einer Streichholzschachtel auf und drückte gegen die schmale Tür. Nun lag er schon mit dem Kinn auf dem Resopal und guckte ins Innere. Er hob das Wagendach ab. Guckte still. Heimann packte schon die anderen Wagentypen in den Koffer zurück.
Sperber besah sich Eddies Trailor in dem farbigen Prospekt. Vorn neben der Hängerkupplung war auf einer Halterung die 10-Liter-Gasflasche verstaut. Sie ver-

sorgte einen dreiflammigen Herd im Innenraum, einen Kühlschrank, eine Glühstrumpflampe unter der Wagendecke und eine Heizung unter dem Heckfenster. Rotweiß-karierte Bauerngardinen. Die Sitzecke ließ sich in eine Doppelliege verwandeln. Das Geschirr in den Regalen war schaukelsicher eingeklemmt. Die Fenster reichten fast über die ganze Länge des Zimmers. Ein Wohnmobil. Warum nicht? Drüben gibt es Tausende, Zigtausende, aufgemotzte Caravans, Dauerwohnungen auf Rädern, erklärte Bednarz. Die haben ihre Stadtwohnungen aufgegeben. Jahrelang gespart oder den ganzen Besitz für so ein Ding verkauft. Drüben laufen diese Kisten allerdings als Kompakt-Caravans, Triebwagen und Wohnungen sind meist zusammengelegt. Viele Veteranen aus Vietnam, überhaupt Soldaten, die ihre Abfindung investiert haben. Und Wanderarbeiter.
Warst du da? fragte Eddie.
Vielleicht fahr ich da mal hin. Da werden auch abgestoßene Nato-Fords umgerüstet, poppig gepinselt, vor allem die geschlossenen Blechkisten, die Sankras und Werkstattwagen.
Sperber stellte sich vor, daß sie alle Bundeswehr-Fahrzeuge umrüsten und sich als Tramps durch die Länder schlagen, statt als Soldaten im Manöver. Die Welt in diesen Blechblasen konnte verdammt groß werden und das Leben billig.
Heimann nahm Eddie das Modell wieder aus der Hand.
Sperber stellte sich vor, daß bei Heimann der ganze Hof von diesen Dingern voll stand. Viele für Heimann, keiner für Eddie, keiner für ihn. Nicht ganz korrekt verteilt.
Er hatte immer wieder auf Heimanns Schultern sehen müssen. Auf die Silberstreifen, die ihn seit heute morgen auszeichneten. Trennlinien. So weit hätte Sperber jetzt auch sein können. Warum sollte man die Offizierslauf-

bahn den Wolf und Co überlassen? Es war viellcicht doch besser zu machen, menschlicher. Mit Vernunft. Zum Beispiel Buster. Das war doch ein akzeptabler Mann.
Aber was wäre damit verbunden? Lehrgänge und Prüfungen.
Vorbild sein, Verzicht üben. Ob das nicht am Ende einen anderen Menschen aus ihm machen würde? Vielleicht steckte in ihm auch ein Wolf? Und wenn nicht: bevor die Gelegenheit da wäre, es besser zu machen als Wolf, wäre er doch schon wieder im Zivilen. Oder?

Drei Semester vor dem Examen hat Sperber sich vom Kanadischen Konsulat Informationen schicken lassen über Landschaft, Klima, Bevölkerung. Wie sind die Einwanderungsbedingungen, die Arbeitsmöglichkeiten? Wer bekommt eine Aufenthaltserlaubnis? Er liest, daß Maschinenbauingenieure gebraucht werden. Überhaupt alle technischen Berufe. Besonders gesucht: Fachleute für holzverarbeitende Maschinen, für die Papierfabrikation und für den Erzbergbau (Uran). Sollte die Arbeitslosigkeit die da drüben verschont haben? Er besorgt sich eine größere Karte von Kanada. Riesige Waldflächen, wo bestimmt nie ein menschlicher Fuß hingetreten ist. Saubere Flüsse, ungestörte Tierwelt. Und nicht überall Vorschriften. Man reist hin, schließt sich einem Holzfällertrupp an, bleibt mit den Männern den Sommer über im Wald. Im Winter kehrt man in eine der größeren Städte des Südens ein, vielleicht Vancouver. Dort, wenn's unbedingt sein muß, ein halbes Jahr als Ingenieur oder auch Technischer Zeichner.
Er träumt jetzt öfter von einer langen, blanken Axt, kerbt kirchturmhohe Stämme ein, die Motorsäge kreischt

durch die Waldstille, verschießt knatternd weiße Späne. Da brechen sich meterdicke Stämme ihre Bahn, reißen Löcher in den Himmel. Sperber sieht sich in der rohgezimmerten Trapperhütte: Mit Männern, die bedächtig Pfeife rauchen, vielleicht spielt einer Mundharmonika oder Maultrommel. Draußen heult ein Wolfshund. Oder er träumt von springenden Lachsen. Von Elchen. Die gibt es da wirklich noch. Von Feuern an felsigen Flußbetten. Er stellt Hasenfallen, spannt Felle auf. Immer häufiger bleibt er jetzt vor diesen Zigarettenplakaten stehen; die mit den schlechtrasierten Männern in freier Wildnis. Was der Mann braucht, muß er in Kopf und Herz und Rucksack tragen. Nichts darf ihn nach hinten zerren. Susanne taucht in diesen Träumen nicht auf.
Wenn sie ihn nach dem Studium nicht zum Bund holen, gibt es nur eins: Kanada.

Zum erstenmal seit Beginn seines Wehrdienstes rief Sperber zu Hause an.
Na gottseidank, Jochen, wir wollten dich schon vermißt melden. Mußt du uns zwei Wochen warten lassen? Gefällt es dir denn? Ist es nicht sehr anstrengend? Hast du manchmal Sehnsucht? Ehe ichs vergesse, Susanne hat eine Karte geschrieben. Aus Rom. Ich lese sie dir mal vor: Lieber J., ich komme wieder nach Deutschland. Hier hält mich nichts mehr. Tutto a posto – niente in ordine, wie die Italiener sagen. Was macht dein Examen? Hast du im letzten Sommer meinen Brief bekommen? Vielleicht sieht man sich mal. Saluti, Susanne. So, Opa möchte dich auch noch sprechen.
Tag, Jokelmann. Na habt ihr das Gewehr schon eingeschossen? Nein?! Naja, Luftwaffe. Mutti will noch mal, tschüs, drück die Arschbacken zusammen.
Da bin ich wieder, Jochen, Mir ist gerade noch eingefal-

len, als du kaum fünf warst, da hast du schon aus allen Sachen, die dir in die Finger kamen, Gewehre gemacht. Sogar aus der Klobürste. Einmal wurde es mir zuviel. Mit zwei Riesenbissen hattest du eine Scheibe Brot in eine Pistole verwandelt und mir peng peng den Brei ins Gesicht gespritzt. Da habe ich dir aber ordentlich was auf die Finger gegeben. Danach hast du vier Wochen lang keine Scheibe Brot mehr angerührt. Vati läßt auch schön grüßen. Ruf mal wieder an, ist doch noch Ortsgespräch, nicht. Hast du schon schmutzige Wäsche? Wann kommst du denn mal?

Die Kampfstiefel sollten eingelaufen werden. Auf dem Dienstplan: Eilmarsch über 15 km. Eine Entfernung, die Sperber vor Jahren öfter mal gewandert war und mehr. Es konnte nicht so schlimm werden.
Sie marschierten allerdings nicht jeder für sich, sondern im Zugverband von 40 Mann und im Gleichschritt, nicht in Cordhosen und Pfadfinderhemd, sondern im schweren Kampfanzug mit Stahlhelm, Gewehr und kleinem Sturmgepäck. Doch im Gleichschritt marschierte es sich ganz gut, die Schnürstiefel gaben festen Halt. Das Tempo 130 Schritt pro Minute, das waren ungefähr 8 Stundenkilometer, wurde über 5 km gehalten. Dann, nachdem immer mehr kleinere Kameraden, auch Stoppelhopser genannt, wegen der großen Schrittlängen aus dem Tritt gerieten, wurde Ohne-Tritt befohlen. Im selben Moment wurde es unruhig im Verband, die Abstände zwischen den einzelnen Rotten vergrößerten sich. Einige fielen plötzlich ab, ließen sich treiben oder scherten zur Seite aus, sahen sich wie nach einem Rastplatz um. Man wischte sich den Schweiß von der Stirn. Einige humpelten bereits. Auch Sperber spürte, daß sich an einer Ferse eine Blase entwickelte. Bald ging es auf einer

kleineren Seitenstraße weiter. Die Unteroffiziere, ohne Stahlhelm, ohne Gewehr, ohne Sturmgepäck, trieben an.
Scheck war in Schweiß gebadet, den Stahlhelm hatte er eigenmächtig ans Koppel gebunden, das Gewehr vor die Brust geschnallt, so daß er den rechten Arm frei schwenken konnte. Sein Gesicht weißer geworden. Sein Schritt immer schleppender. Sperber verlangsamte ebenfalls und kam auf Schecks Höhe. Komm, gibt die Knarre. Scheck reagierte nicht. Sperber wiederholte sein Angebot.
Scheck kam offenbar zu sich. Ja nimm. Er legte das Gewehr ab. Alles, nimm den ganzen Mist hier! Er öffnete das Koppelschloß, nahm den Helm und ließ ihn fallen. Kräftig stieß er ihn mit dem Fuß von sich. Er streifte auch die Trageriemen des Koppeltragegestells ab. Das Sturmgepäck rutschte über die Armbeugen in die Hände. Er schleuderte es in den Straßengraben und lief weiter.
Kanonier Scheck zu mir! Scheck blieb stehen.
Marschieren Sie weiter, Sperber! rief Wolf von hinten.
Scheck fiel zu Boden. Sperber ging jetzt doch zu ihm. Der schien das Bewußtsein verloren zu haben.
Wolf legte Scheck auf die Seite, fühlte den Puls, zog seine Augenlider hoch und schob ihm die Zeltplane aus seinem Sturmgepäck unter den Nacken.
Der Jeep mit dem Batteriechef kam heran. Bremste. Hauptmann Buster ließ per Funk einen Sankra-Wagen rufen. Sperber gehen Sie weiter! Das wird erledigt.
Sperber legte Schecks Gewehr ab und beeilte sich, den Anschluß zu finden. Dabei überholte er drei oder vier Kameraden, die auch kurz vor dem blackout standen. Ein anderer lag schon am Grabenrand.
Soll ich Dir helfen?
Nein, es geht so.
Was ist denn hier los! rief ein Stabsunteroffizier. Noch nicht mal sieben Kilometer und schon schlapp!

Es hatte wohl keinen Zweck, hier zu klagen oder einzugreifen. Sperber war seit Wolfs Ratschlag, sich zurückzuhalten, tatsächlich etwas vorsichtiger geworden. Die Chance, eventuell doch noch einmal einen Offizierslehrgang zu besuchen, sollte man nicht so ohne weiteres verspielen. Auf die Dauer konnte es angenehmer sein, im Jeep zu fahren, als sich die Füße wund zu laufen.
Er sah Bartels vor sich. Dem schien der Marsch wenig auszumachen. Er war zwar nicht sehr athletisch gebaut, aber drahtig. Auch er trug ein zweites Gewehr. Das von Heimann. Offiziersanwärter, aber für längere Belastung nicht geeignet. Irgendwie freute es Sperber.
Die Blase an der Ferse war kurz vor dem Platzen. Sperber mußte den Fuß etwas nachziehen. Das kostete Strecke. Er zwang sich, wieder normal zu marschieren. Jetzt rieb die Socke auf rohem Fleisch. Bloß weitermarschieren.
Gut, daß jetzt Marscherleichterung befohlen wurde: Helm ans Koppel, Ärmel aufkrempeln. Gewehr schräg über den Rücken.
Nicht aus dem Rhythmus kommen. Er hielt das Tempo, auch während er den Befehl ausführte.
Er spürte einen brandartigen Schmerz an den Innenseiten der Oberschenkel, der sich mit jedem Schritt ausdehnte. Das Tuch der Kampfhosen scheuerte auf der Haut. Jetzt wußte er, was die Bändel an den Hosenbeinen der Ausbilder zu bedeuten hatten. Warum hatte er nur nicht, wie befohlen, die langen Unterhosen angezogen?
In den Waden eine stechende Ermüdung. Die Muskeln zwischen Hals und Schulter zerrten schmerzend die Rükkenlast nach vorn. Er sah plötzlich das Muskelbild des Menschen, wie es im Biologieunterricht an der Tafel gehangen hatte. Aber er stemmte sich und trat gegenan mit eben diesen Muskeln, gegen die er kämpfte. Es kam ihm so vor, als lösten sich die Muskelstränge einzeln aus dem Gewebe. Überdehnte, überzerrte Beug- und Streckmus-

keln traten aus der Haut und schaukelten kraftlos hin und her.

Halt! Erst unter die Brause!
Jochen läuft weiter, hält am Beckenrand. Opa hinterher, die linke Schulter immer etwas vorgeschoben. Seine Haut liegt wie lose Folie über den Sehnen, Knochen und Muskeln.
Hiergeblieben, du Schlingel! Nicht schmutzig ins Wasser! Wenn das alle täten. Außerdem kannst du dir einen Herzschlag . . . Jochen läuft zur warmen Dusche.
Nein, hier unter die kalte.
Jochen fügt sich. Er erschrickt unter dem Strahl, der ihn scharf trifft. Erst dann spürt er die Kälte. Die Haut strafft sich. Die Bauchmuskeln treten hervor. Er kommt sich jetzt noch dünner vor. Aber stark und gespannt. Ein bißchen härter.
Gehst du auch unter die kalte, Opa?
Als Opa wieder herauskommt, fallen Jochen die Wunden auf. Sie sind blau-violett angelaufen. Eine neben der Wirbelsäule, eine im Oberarm, eine im Oberschenkel. Lungendurchschuß. Steckschuß. Streifschuß. Daß sie aus der Schlacht von Moskau herrühren, weiß er seit Jahren, und daß Opa sie Veilchen nennt. Auf der Kriegsschule in Dresden hat er sich von der letzten Verwundung erholt. Aber dann schon bald einen Köpfer vom Zehner gemacht, der erste in Opas Leben. 1944. Und auch Salto vom Fünfer und 40-Meter-Tauchen. Ja, wir wurden alle Wölfe damals. Zum Schulschluß Leutnant. Tapferkeitsleutnant. Mit dieser Auszeichnung zurück zur Front. Zum Rückzug.
Opas Wunden wissen, wann das Wetter umschlägt.
Wie sie nur unter dem Kaltwasserschock schmerzen

müssen. Aber es wird Opa nicht viel ausmachen. Er ist es ja gewohnt. Er ist härter als Vati.
Opa springt noch vor Jochen vom Einer und schwimmt mit spitzen, betenden Händen geradeaus. Später, auf dem Weg zu den Handtüchern, sieht Jochen zwei entgegenkommende Kinder stehen bleiben. Das eine zeigt auf Opas Veilchen, wofür das andere ihm auf die Finger schlägt.
Kann man zugleich stolz sein und sich schämen?

Wenn er an sich herabblickte, sah er nur die staubigen Kampfstiefel, die Gamaschen darüber und die bauschigen Kampfhosen. Und immer noch einmal kam ein Fuß unter dem Knie zum Vorschein, verschwand wieder, einhundertdreißig Mal in der Minute.
Jeder, der noch nicht ausgefallen war, ging für sich. Mit sich im Kampf. Die Gesichter waren von diesem Notstand gezeichnet. Schon eingeschnitten die Niederlage, die nicht eingestanden werden durfte. Nur die Hälfte der Leute war noch im Rennen.
Im Troß fuhr jetzt ein Mannschaftstransporter, der alles aufgriff, was gefallen war. Der Jeep fuhr am Feld vorbei, das sich fast einen Kilometer auseinandergezogen hatte. Dann hielt er wieder.
Die Übriggebliebenen wurden immer freundlicher behandelt. Leutnant Wolf, der mit Buster neben dem Jeep stand, verteilte Traubenzucker und klopfte den kaputten Helden ermunternd auf die Schulter. Bloß durchhalten, Kameraden, noch drei Kilometer. Das gibt einen Tag dienstfrei. Er bemühte sich, Sperber zu übersehen.
Hauptmann Buster erkannte ihn unter den noch Kämpfenden. Er nickte ihm anerkennend zu.
Sperber vergaß für einen Augenblick seinen Körper, sah

den gütigen Blick von Buster, lächelte etwas und gab sich einen neuen Anstoß.
Wieviel Kraft in einem Körper gespeichert war. Wenn Sperber das, was er auf den letzten Kilometern an Arbeit geleistet hatte, in einer Minute am Kran hochhieven würde, es würde zig Tonnen ergeben.
Da vorn immer noch Bartels, immer noch der flinke, sehnige Bartels. Andere sah er nicht mehr. Auch hinter sich hörte er niemand. Hatten sie alle abgehängt? Oder war das Hauptfeld längst in der Kaserne, unter der Dusche womöglich? Er das bemitleidenswerte Schlußlicht? Dann müßte der Jeep doch direkt hinter ihm herfahren. Und der MAN.
Und plötzlich verschwanden alle Schmerzen. Als hätte sich eine Droge in ihm verbreitet und seine Sinne geöffnet. Vorher war er nur mit seinem Körper befaßt gewesen. Er kontrollierte sich, er war bei Bewußtsein. Er lief wie von selber.
Der Weg war sandig geworden. Hinter einer Kurve erkannte er jetzt drei weitere Soldaten. Der Seitenwind trieb den Staub von der kleinen Kolonne fort wie den Rauch von Grasbrand.
Wildwest-Impressionen.
Nach ein, zwei Kilometern kannte er das Gebiet wieder. Die Umgebung des Standorts. Dort der verbogene Kirchturm, Dorfmitte. Westlich davon die Kaserne. Sie kamen von Norden und marschierten gegen die Sonne. Er war jetzt der Cowboy, dem sie das Pferd unter dem Hintern weggeschossen hatten. Er glaubte, daß er sein Tempo noch steigern konnte. Versuchte es. Es stach in die Muskeln. Mehr war nicht herauszuholen. Aber langsamer ging es auch nicht, er hatte sich eingelaufen.
Bei diesem Tempo steckten noch einige Kilometer in ihm.

Am Kasernentor stand Wolf. Eine Faust in der Taille, eine vor dem Koppelschloß.
Als Sperber passierte, wurde er gestoppt. Vor dem Block ließ ein Stabsunteroffizier die Ankömmlinge sich im Halbkreis versammeln.
Nach einigen Minuten kam Wolf und ließ in Linie antreten. Fünfzig von hundertsechzig. Eddie und Bartels waren auch dabei. Alle hatten einen Tag dienstfrei gut. Wolf, offensichtlich der Urheber dieses Kommandos, ließ sich die Namen geben. Vor dem Wegtreten sagte er: Männer, das war was. Ihr seid ein Stück weiter.
Sperber drückte den Oberkörper durch. Ein Schauer durchfuhr Rücken und Beine. Die Knie wollten einknikken, aber er hielt sich aufrecht. Für eine Weile vergaß er seine Antipathie gegen Wolf.
Dann, hingestreckt auf dem Bett, war es wie auf Wellen.

Das Boot dümpelt in der Flaute. Mit kleinen Ruderbewegungen versucht Susanne gegen die Wellen anzusteuern. Die Segel sind eingefallen.
Auf offener See läßt Jochen sie schon mal an die Pinne, Hafenmanöver fährt er lieber selber.
Für Susanne beginnen die Schulferien, für Jochen die ersten Semesterferien. Anlaufpunkte: Die dänischen Inseln zwischen Falster und Seeland. Das Boot hat Jochen sich von einem Freund ausgeliehen.
Der Wind wird wohl völlig einschlafen. Jochen hat daher auf der Seekarte den nächsten Hafen ausgesucht. Etwa fünf Seemeilen sind es bis zur Küste. Die Luft ist um Mittag diesig geworden. Es könnte ein Gewitter geben. Jochen steht vor der Kajüte auf Deck. Einen Arm hat er um den Mast geschlungen und hält mit beiden Händen das Fernglas, um diesen Hafen auszumachen, der jetzt steuerbord leicht voraus liegen müßte. Das runde Sichtfeld

tanzt auf der Küstensilhouette. Jochen versucht, die Rollbewegungen des Bootes durch Federn in den Beinen auszugleichen. Er erkennt ein paar Häuser, einen Kirchturm, einen Getreidesilo. Da müßte auch der Hafen sein. Aber keine Schiffsmasten in Sicht, keine Fischerboote. Keine Fahrwassermarkierungen. Flach über der Küste sieht er jetzt drei, vielleicht vier kleine Punkte, wie Fliegendreck auf den Horizont gesetzt. Oder bewegen sie sich? Nein, sie stehen immer noch auf dem gleichen Fleck, knapp über dem Silo. Aber sie werden größer. Jochen setzt das Fernglas ab. Die Augen brennen.
Erkennst du was? Susanne schattet ihre Augen mit der Hand ab.
Keinen Hafen. Jochen sieht wieder auf die Küste. Mit bloßem Auge erkennt er jetzt die Punkte, nein, kleine Dreiecke, sie werden größer, sinken. Es sind vier. Düsenjäger. Du, die kommen auf uns zu!
Halt du die Pinne, ich hab Angst.
Er springt ins Cockpit, ans Ruder. Susanne flieht in die Kajüte. Er steuert das Boot genau auf die Flugzeuge zu. Zwei Jäger liegen in der Mitte hintereinander, je einer links und rechts von ihnen. In Mastspitzenhöhe. Jetzt zerreißt die Luft, zwei olive Dreiecke verdunkeln in kurzem Abstand den ganzen Himmel. Jochen hat sich geduckt, aber die Pinne nicht losgelassen. Er muß leicht vom Kurs abgekommen sein. Eine Sturmbö erfaßt das Boot, schlägt in die Segel und legt das Boot schräg. Susanne steht am Kajütenausgang wie versteinert, der Schreck steht in ihren Augen. Jochen lächelt, noch etwas benommen: Die spielen doch nur. Das Boot hat sich wieder aufgerichtet. Achteraus eine breite Spur gekräuseltes Wasser. Die Dreiecke werden wieder zu Punkten, leiser, wandern langsam den Seehorizont entlang, steigen etwas an, sind plötzlich ganz verstummt, stehen wieder, steigen noch etwas, werden größer.

Sie kommen zurück! lacht Jochen.
Susanne stürzt nach innen, wirft sich auf die Bettdecke und krallt sich am Kojenrand fest.
Jochen manövriert das Boot wieder in die Anflugrichtung, um möglichst wenig Angriffsfläche zu bieten. Aber die Düsenjäger weichen jetzt seitlich aus, ziehen noch etwas höher. Komm! Susanne klettert aus der Kajüte. Als die Bomber querab sind, wippen alle vier gleichzeitig mit den Tragflächen. Zweimal.
Gesehen?! ruft Jochen. Die haben uns gegrüßt!
Susanne will sofort an Land. Sie reißt die Starterleine des Außenbordmotors. Jochen birgt langsam die Segel.
Kindisch, sagt sie.

Formalausbildung stand mindestens dreimal wöchentlich auf dem Plan. Wenn eine Bewegung vorschriftswidrig erfolgt, sagte Kubik heute, muß es weh tun. Nur dann ist der Rekrut drauf. Sie lernen bei mir unter anderem, Gehen, Halten, Kehren, Linksum, Rechtsum, Linksschwenk, Rechtsschwenk, Rühren, Ausrichten, die Augen links, Augen rechts, Augen geradeaus, Gewehrumhängen, Gewehr abnehmen, Grüßen. Und Stillstehen. Auf das Kommando „Stillgestanden!“ bilden die Füße einen Winkel von knapp 90 Grad, Knie sind durchgedrückt, Arschbacken zusammengekniffen (5 Mark-Stück muß klemmen), Bauch einziehen, Brust raus, Arme leicht vorstellen und leicht anwinkeln, Fäuste an die Hosennaht pressen, Daumen an der Vorderseite der Faust, Kinn in der Horizontalen, Augen ins Unendliche (Parallelstellung).
In dieser Stellung, erklärte Kubik, bewegt der Soldat sich nicht, ist absolut ruhig, sagt keinen Ton, auch kein Jawoll, sieht nicht hoch, preßt die Lippen nicht zusammen oder

kratzt sich, wie Sie jetzt Bartels. Hände an die Seite! Absolute Regungslosigkeit! Der Rekrut hat an nichts zu denken, sich durch nichts ablenken zu lassen, nur auf die Worte des Vorgesetzten zu lauschen, ihn jedoch auf keinen Fall anzusehen, auch Scheck nicht.
Wir kommen jetzt zum militärischen Gruß: Der Soldat legt die flache ausgestreckte rechte Hand so an die Kopfbedeckung oder an die rechte Stirn, daß er den Schmutz in seiner Handfläche gerade noch sehen kann. Kommt ihm der zu Grüßende entgegen, ist drei Schritte vor ihm mit dem Gruß zu beginnen, der Kopf ist mit dem zu Grüßenden mitwandern zu lassen, soweit, bis beide auf einer Höhe sind, dann, nach einem weiteren Schritt, ist die Hand schnell und kräftig herunter- und der Kopf wieder geradeaus zu nehmen.
Sie übten paarweise den Gruß.
Sperber nahm es wie Marionettentheater. Er freute sich, wenn er die Hand zur rechten Zeit wieder herunterriß, wenn er beim Stillgestanden nicht nachklapperte, nicht schief im Glied stand, sein Gewehr beim Abnehmen nicht hinter dem Ellenbogen hängen blieb.
Überhaupt schlug alles, was so gut klappte, daß er nicht auffiel, bei ihm langsam in Zustimmung um. Ein dünnes Grinsen ging manchmal über sein Gesicht.
Auch die Kommandosprache erschien ihm plötzlich nicht mehr so stupid wie in der ersten Woche. Immerhin ließ sie kein Zweifeln und kein Interpretieren zu. Sie diente auch nicht eitlen Selbstdarstellungen, keinem politischen Betrug. Sprache und Handlung waren wie Hammer und Nagel. Kaum ausgesprochen, schon verrichtet. Wenn Wolf schrie: „Volle Deckung!“, dann warf sich Sperber tatsächlich schon in die Pfütze, bevor Wolf ausholen konnte zum nächsten Befehl.
Er entdeckte Empfindungen, von denen er zwar gewußt, die er jedoch immer nur anderen zugetraut hatte. Wenn

Wolf ihn zehn Liegestütze machen ließ, dann mischte sich in die Wut über Wolf eine seltsame Lust. Er wußte nicht, ob es die Genugtuung war, sich selber besiegt zu haben, oder die Unterwerfung unter einen fremden Willen. Oder Aggressionen? Vielleicht auch das Ergebnis einer Entmündigung, vor der man ihn immer gewarnt hatte?
Er wunderte sich, daß diese zwanghaften Bewegungen ihn nicht verkrampften, sondern entspannten. Er fühlte, wie der Drill das Gehirn entlastete, eine Trance, eine ölige Schwerelosigkeit entstand. Nicht einmal Kinder waren so folgsam wie mancher Rekrut im Trommelfeuer der Kommandos, der Befehle, Anweisungen und Dienstvorschriften. Sich ihnen zu entziehen war wie der Sprung aus einem fahrenden Zug.

6.

Waren es nun schon vier oder erst drei Wochen gewesen? Oder zehn, oder ein halbes Jahr? Er konnte manchmal nicht den Wochentag nennen. Sein Zeitgefühl war defekt. Tatsächlich waren erst drei Wochen vergangen.
Es gab kein Datum, keinen Termin für selbständige Planungen. Es gab nur den Dienstplan, der die Woche und den Tag bezeichnete. Den überflog Sperber nur, weil es Befehl war, ihn täglich am Schwarzen Brett zu studieren. Ob man ihn nun auswendig kannte oder nicht, ob man ihn akzeptierte oder nicht, die Stunden und Minuten waren in festen Händen. Der UvD und der Gruppenführer riefen aus, was anlag.
Der Dienst begann mit dem Wecken und endete mit dem Zapfenstreich. Auch noch nachts wurden sie zu Orientierungsmärschen, Probealarmen, zu Antreteübungen in gefechtsmäßiger Ausrüstung herausgerufen. Zu geselligen Runden, Diskussionen am Abend oder größeren

Wochenendausflügen hatte es bisher keine Gelegenheit gegeben. Manchmal war nach offiziellem Dienstschluß, siebzehn Uhr, noch der Aufenthalt im Freizeit- und Fernsehzimmer oder ein Tischtennisspiel im Keller drin. Selten ein Besuch mit Eddie oder Bartels in „Heidis Bierstube", eine Mischung aus Imbißhalle und Dorfkneipe: Sie lag stadtauswärts fast eine Viertelstunde entfernt, am Rande eines größeren Reihendorfs, dessen Geschäfte von der Garnison profitierten. Der Ort war gewissermaßen der Pausenhof der Kaserne. Auch da war man meist nur unter Soldaten.

Sperber gab es auf, sich nach Dienstschluß noch etwas fest vorzunehmen. Immer war ihm etwas dazwischengekommen. Eine erzieherische Maßnahme, verbunden mit Feuerwachdienst, zusätzlichem Gewehrreinigen (obgleich sie noch nicht ein einziges Mal scharf geschossen hatten), mit Hosenbügeln, Stiefelstegappell oder Spindkontrolle.

So wie die Tage hier miteinander verschmolzen, in einem Wechsel von Hell und Dunkel, Draußen und Stube, schienen ihm auch langsam die vergangenen Jahre konturlos ineinander überzugehen. Die Erinnerungen, die sich gottseidank nach der Bewußtlosigkeit der ersten Tage langsam wieder eingestellt hatten, mischten sich wahllos und waren nicht mehr zu datieren. Sein Denkapparat schaffte oft keine drei aufeinanderfolgende Schritte mehr.

Susannes Brief, das erste Lebenszeichen nach ihrer Abreise vor fast zwei Jahren, war im letzten Sommer gekommen. Als Sperber noch nicht an den Bund dachte.

Monatelanges Warten davor auf ein paar Zeilen, ein Kärtchen: Ich lebe. Aber nichts. Hatte sie für ihn tot sein wollen?

Nur langsam war es ihm gelungen, sie aus seinen Gedan-

ken zu verdrängen. Irgendwie würde es auch ohne sie weitergehen.
Dann aber der Brief: Er riß alte Wunden wieder auf. Zeile für Zeile.
Mit dieser Ausführlichkeit hätte sie ihn damals verschonen sollen. Er hatte sich nicht in der Lage gesehen zu antworten. Erstens war Sperber kein Briefeschreiber, konnte in Briefen seine Gefühle nicht richtig unterbringen, es klang immer zu altmodisch. Zweitens wäre es sowieso aussichtslos gewesen. Sollte sie doch mit diesem Ulf da selig werden. An den reichte er offenbar nicht heran. Niederlage. Beendet.
Die Monate danach hatte er den Brief nicht lesen wollen, ihn dennoch nicht zerrissen, ihn schließlich sogar noch mit in die Kaserne genommen.
Sperber schloß sein Wertfach auf und entnahm den Brief. Warum hatte sie ihn per Luftpost geschickt, wo doch ohnehin alles zu spät gewesen war? Er kletterte aufs Bett. Rückte seinen Kopf in die bequemste Lage. Hielt sich das Kuvert wie etwas sehr Kostbares vor die Augen. Dieses federleichte Briefchen war ein Zeichen, das in sein Leben da draußen zurückwies. In seine Geschichte, seine eigene, einzelne. Nicht nivellierbar, nicht auslöschbar durch Drill und Abstumpfung. Der Brief. Hätte ihn damals beinah zerrissen, jetzt konnte er sich sogar ein bißchen an ihm festhalten, egal wie sein Inhalt auf ihn wirken würde.
Wie ein Überfall sei es gewesen, halsüberkopf, und Ulf habe sie einfach weggerissen, von ihrer gluckigen Mutter, von der Schule, die sie doch nie geschafft hätte. Er hätte es doch bemerken müssen, daß sie völlig über dem Erdboden schwebte damals. Weil sie Katzen in Aquarell tuschte, hielt sie sich schon für die große Malerin. Ulf, der habe sie erst mal auf den Boden zurückgestellt. So Mädchen, hat er gesagt, jetzt pack den Koffer, wir fahren los.

Er war so sicher. Er ging damals als Korrespondent nach Rom. Von den Sommerferien nicht mehr zurückgekehrt, ausgerissen. So ein Taumel, verstehst du? Alles war so neu und hell. Raus aus den ganzen Streßgeschichten. Ich wollte einfach von meinem Zuhause, mit allem, was damit zusammenhing, nichts mehr wissen.
Die Schritte des UvD auf dem Korridor. Um 22 Uhr ist Zapfenstreich. Lesen stört die Nachtruhe.
Sperber schob hastig Umschlag und Papier unter den Stahlhelm, der in Kopfkissenhöhe neben ihm auf dem Spind lag.
Sein Schlaf war unruhig. Der Brief verfolgte ihn im Traum. Susanne war an der stillstehenden Batterie vorbeigelaufen. Getänzelt. Sie hatte ein weißes Kleid getragen, dünn wie Luftpostpapier. Bei jedem Schritt waren die Ärmel wie Flügel aufgestiegen. Wolf hatte eben noch Augen-geradeaus befohlen. Doch Sperber ließ seinen Kopf mitwandern. Wollte loslaufen, aber seine Stiefel waren am Boden verhaftet. Er stürzte vornüber.
Im Sturz wachte er auf. Er sah auf die Armbanduhr. Vier Uhr. Vorsichtig stieg er hinab und holte den Bund mit Spind- und Wertfachschlüssel aus der Hose über dem Stuhl. Tastete im Wertfach, fand seinen Kalender, zündete im weißen Eßfach ein Streichholz. Schlug den Kalender auf. Freitag war es schon, dienstfrei.

Obwohl er einen ganzen Tag frei hatte, wurde es Mittag, bevor er loskam.
Darf ich Sie anfassen?
Der Wachhabende schob Sperber den Mützenschirm höher. Sie brauchen einen freien Blick. So, haben Sie alles? Truppenausweis, Geld, Dienstbefreiung?
Sperber checkte durch. Alles Nötige. Er hatte gelernt, wie man sich in Uniform bewegt, wie man und wen man grüßt, hatte die Ränge und Dienstgradabzeichen bei Heer,

Marine und Luftwaffe, die ihm ja alle unterwegs begegnen konnten, rauf und runter gepaukt. Sperber wußte, wie man steht, aufrecht geht. Daß man die Hände nicht in die Hosentasche steckt, dem anderen Geschlecht den Vortritt läßt, keine politischen Veranstaltungen in Uniform besucht, sich von Handgemengen fernhält, gebrechlichen Bürgern unter die Achsel greift, sich nicht mit zweifelhaften Damen und auf zwielichtige Lokale einläßt und vor allem nicht auf Diskussionen. Man konnte ihn also in Uniform gehen lassen.
Nun ja, er riß sich nicht darum, aber ein bißchen juckte es ihn schon, sich damit draußen mal zu zeigen. Und so war er denn in den blauen Ausgehanzug gestiegen und hatte diese lachhafte Postmütze aufgesetzt.
Auch Opa wird sich freuen. Für Mutti eine kleine Modenschau inszenieren.
Die Aktentasche wird links getragen, Kanonier Sperber.

Bluejeans will Jochen, wie die anderen. Er ist doch schon elf. Aber diese Shorts aus Cord!
Wenn du wüßtest, wie gut dir das steht.
Gut! Die lachen doch alle!
Laß sie doch. Du bist eben du. Mutter hört sich wie zahnlos an. Sie zieht eine neue Stecknadel aus ihrem Mund. Wenn sie spricht, bewegen sich die Nadeln in ihrem Mundwinkel auf und ab.
Sie steckt ihm die Hosenweite ab. Die Nadeln sitzen hinten.
Ein bißchen enger, Mutti!
Nein, Jochen, das engt so ein. Du sollst dich rundherum frei fühlen. So, jetzt die Länge, dreh dich mal etwas herum. So, hier kommt jetzt der Saum.

Nein, tiefer.
Nein, Jokelmann. So ist es genau richtig. Und sportlich. Komm, bleib stehen jetzt.
Jochen geht zum Spiegel.
Die anderen haben recht: Zwei Stöcker mit Gelenken, je kürzer die Hosenbeine, um so länger die Stöcker. Immer Wände und Ecken suchen, die günstigste Stellung wählen, nicht direkt von hinten sehen lassen, seitlich sieht man etwas Wade. Also da kommt nur knielang in Frage, Bermuda oder so. Er ist entschlossen: Wenn du sie nicht länger machst, zieh ich sie nie an.
Mutter legt die Nadeln beiseite. Mutter, die nichts wegwerfen kann, aus gerissenen Laken Hemden für Jochen näht, eine wunderliche Ausnahme in dieser Wegwerfzeit, die Vaters zu klein gewordenen Cordjeans aufgetrennt, aus Zeitungspapier Schnittmuster für Jochens Hintern ausgeschnitten, sie auf den Stoff geheftet und mit der alten Fischschere daran entlanggeschnitten hat, sie, mit den Nadeln im Mundwinkel, jetzt mit einem Griff alle herausnehmend, klarer, schärfer sprechend jetzt, sopranhoch, gerät sichtbar in Rage. Sie wirft das Maßband über die Schulter. Das werden wir ja sehen, ob du deine neue Hose anziehst.
Von wegen, neue Hosen. Jochen lacht verbittert. Vor drei Jahren hast du mir mal eine neue gekauft. Die anderen –
Willst du sein wie alle anderen?
Will er ja vielleicht.
Jochen, sagt sie jetzt mit dunklerer Stimme, versöhnlich, sei so lieb, probier sie aus. Dann können wir noch einmal darüber reden. Sie schiebt sich wieder Nadeln zwischen die Lippen. Er läßt sie machen. Ihre Handgriffe sind immerhin besser zu ertragen als ihre Worte. Seine Beine stecken schon in einem Brennesselfeld von Stecknadeln. Sie führt ihn zum Spiegel. Bohnenstange, Bohnenstange!

Er weiß, daß er die Hose nie tragen wird. Nur nichts sagen. Mutti will doch sein Bestes.
Bluejeans von der Stange wie die anderen: Würde sein Freund Boris nicht größer sein und jährlich ein paar neue Jeans bekommen, hätte er nicht diesen Kleiderhaken in Boris Zimmer, könnte er nicht tagsüber Hosen wechseln und die gehaßten Schnallensandalen gegen Boris' abgetragene Turnschuhe eintauschen –
Warum mußte sie immer an ihm herumschneidern?

Das steife Tuch der Ausgehhosen schlug gegen die Waden. Der Mützenrand verursachte einen leicht ziehenden Schmerz. Die bisher nicht getragenen Halbschuhe begannen eine Blase zu scheuern. Die Krawatte würgte. Er kam sich vor wie in einer Rüstung und wünschte, er könnte jetzt das weiche olive Arbeitszeug anlegen. Sogar den Stahlhelm hätte er jetzt lieber aufgesetzt: Es wäre doch ehrlicher, die Soldaten, wenn sie nun schon mal Uniform anlegen, auch draußen Arbeitszeug tragen zu lassen; irgendwie war dieser Saubermann-look keine Werbung für die Armee, nicht für Jugendliche.
An der Bushaltestelle, kaum aus der Greifzone der Wache heraus, löste Sperber den Krawattenknoten, zog einen Halbschuh aus und walkte die Kanten. Er lockerte den Hut.
Die Anzugsordnung ist bei allen Gelegenheiten einzuhalten. Das gilt für Lokale, auch zu vorgerückter Stunde, ebenso wie für die Fahrt in der Eisenbahn, in anderen Verkehrsmitteln sowie für den Heimweg spät abends auf unbelebten Straßen.
Es drückte überall, aber für ein paar Stunden wollte er zu seiner Entscheidung stehen.
Zwei Pärchen auf Mofas. Die Mädchen saßen seitlich drauf und hielten sich am Körper ihrer Fahrer fest. Das

eine fuhr auf Sperber zu, das Mädchen hinten drauf kicherte. Sie spreizte die Jeansbeine, schnitt ihm eine Grimasse. Sperber zog den Lackrand seiner Mütze auf Nasenwurzelhöhe und drehte sich weg. Er fühlte sich wehrlos.
Der Siebenunddreißiger kam. Sperber setzte sich auf die letzte Bank und sah nach hinten. Die Kasernenmauer verschwand. Doch er hatte das Gefühl, sie mitzuschleppen.
Der Bus hielt an der Station der Vorortsbahn; hier herrschte schon Großstadt. Sperber sah ein paar Uniformen. Sie verschwanden im Bahnhof. Er hielt sich zurück. Jetzt, im Zivilen, hatte er etwas dagegen, zusammen mit anderen Uniformen zu laufen. Am liebsten wäre er jetzt so unauffällig wie die Rentner auf den Nachbarbänken.
Da hinten hatte alles seinen Anschluß. Der Bus 3 A an die U 5, die S-Bahn an den Inter-City, der Inter-City an den PAN AM-Flug, Michael an Gaby, Gaby an Mutti.
Die Bahnhofsuhr. Jedes Mal, wenn der Sekundenzeiger oben ist, rückt der Minutenzeiger einen Strich voran. Aber die Rentner lassen sich nicht treiben. Sie haben Gehstöcke, mit denen zeigen sie auf die Szene, aus der sie endgültig ausgestiegen sind. Sie lächeln. Oder grinsen sie?
In der Halle ziviles Zeug, ziviler Duft, zivile Sätze, zivile Zeitschriften. Der Wochenend-Reiseverkehr schien einzusetzen. Keine Sitzbank, kein Geländer.
Er kaufte sich eine dicke Zeitung und hielt sie fest. Um ihn herum schienen ununterbrochen wichtige Aufgaben erledigt zu werden. Es bleibt dabei, Viertel nach sieben, sag Helmut Bescheid usw. Jemand strich in einer Zeitung etwas an und verschwand in einer Telefonzelle, einer sah auf seine Uhr und schüttelte den Kopf, einer versuchte einen Spurt durchs Gewimmel. Keine Uniform in

Sicht. Sperber wurde hin- und hergestoßen. Man beachtete ihn nicht weiter.
Die Selbstverständlichkeit, die Sicherheit, mit der man sich hier bewegte, ärgerte ihn. Welche Leistungen lagen vor? Männer in seinem Alter – taten die alle ihre Pflicht? Sahen doch aus wie Verpisser. Versammlung von Undiszipliniertheit, jeder einzeln und unsystematisch, wie abgelenkt. Einer irrte allein zum Fahrkartenschalter, zum Kiosk, wurde angerempelt, dann durch die Sperre, rempelte selber und verschwand unkontrolliert. Keine Aufsicht. Wenn das so weiterging, mußte hier bald was einbrechen. Der Lautsprecher müßte endlich mal „Achtung" rufen. Auf der Stelle stehenbleiben! Einreihen! Wir geben Ihnen die neuen Richtlinien durch!
Es wurden weitere Anschlüsse durchgesagt.
Erst einmal auf einen Kaffee ins Bahnhofsrestaurant. Die Zeitung. Da will einer einen 3-Sterne-Kühlschrank verkaufen. Einen guterhaltenen Sessel kann sich ein Student kostenlos abholen. Mehrere Klaviere werden gegen Abholen kostenlos angeboten. Ein Bücherschrank (Eiche), vier mal 2 Meter, 200 Mark. Eine komplette Hobbyraumausrüstung Black & Decker. Ein Tümmler. Ein Staubsauger. Ein Bügelautomat. Ein Mikrowellengrill. Ein Rasenmäher. Der neue Volvo. Waldbungalow. Drei Hektar Waldgrundstück mit See.
Nebenan wurde das Mittagessen zum Problem. Ein schwabbeliger Boxerhund zerrte an der Leine, das Brusthalfter ging ins Fleisch. Durch den Maulkorb floß Speichel. Ein Kind blies hinter ihm auf der Trillerpfeife, wurde von einer Frauenstimme gebremst.
Auf Bahnhöfen steht der Soldat im Blickfeld zahlreicher Zivilpersonen. Er hat deshalb auf korrekten Anzug und tadelsfreies Benehmen besonders zu achten.
Sein Korsett begann zu kleben. Er bestellte ein Eis. Währungsschlange. Investmentmarkt. Stützungskäufe.

Investitionskontrolle. Ölreserven. Er mußte passen. Prämiensparen. Kleinkredit, Zwischenfinanzierung. Nicht sein Problem.

Es sei nicht gegen Jochen gerichtet gewesen. Sie wisse heute, daß sie es auch nicht wegen Ulf getan habe. Der sei ein Ersatz für ihre Eltern gewesen. Und außerdem habe sie sich allein in Rom ziemlich hilflos gefühlt. Manchmal sei er ihr wie ein ganz ganz freundlicher Schutzmann vorgekommen, und sie sich selber wie ein Schulmädchen an der Straßenkreuzung. Von zu Hause flüchten sei der erste Schritt gewesen. Der zweite sei dann nach einem halben Jahr gefolgt. Nach einem aufregenden und lehrreichen halben Jahr. Nur so dahintaumeln durch die Straßen Roms, von Platz zu Platz, Brunnen zu Brunnen.

Ulf nahm mich mit zu allen möglichen Anlässen. Viel sehen und dabei so blind sein gehört offenbar zusammen. Die Leute, die Ulf in seinem Beruf kennenlernte und die er zu uns einlud, waren genauso. Er nannte sie Freunde. Mit mir konnten seine „Freunde" nicht viel reden. Außer, daß ich sein Anhängsel war, hatte ich ihnen nichts zu bieten, mit meinen paar Brocken Italienisch. Ulf dagegen drei Sprachen fließend, fertigen Beruf, Ehe, geschieden, Kinder.

Er ging dann öfter allein auf Reisen und brachte mir so kleine wertvolle Geschenke mit. Ich fing an, mich nach einem Zimmer umzusehen.

Eines Tages, als er mal wieder nach Florenz mußte, packte ich meine paar Sachen, die Geschenke ließ ich auf dem Spiegelschrank liegen, und zog in eine Wohngemeinschaft. Ein Deutscher, den ich vom Italienischkurs kannte, hat mich dort eingefädelt. Außer ihm wohnten da noch zwei Italienerinnen. Anfangs war ich, ohne daß ich es wollte, auf den Mann fixiert. Hab die Frauen viel kühler behandelt. Aber die hatten meine Unselbständigkeit ziemlich früh spitz. Als Ausländerin, und vielleicht weil ich so viel jünger als sie war, haben sie mich lange Zeit schonend, ja reserviert behandelt. Ich hielt es für Ablehnung. Ich fragte sie. Da begann eine harte Auseinandersetzung. Sie haben mich bis auf die Knochen kritisiert. Ich wollte wieder ausziehen. Aber sie haben es nicht zugelassen. Wir mögen dich, haben sie gesagt. Wir halten dich fest, weil wir dir helfen wollen. Wir haben Tage und Nächte geredet, geweint, gelacht, immer mehr gelacht, wir gingen auch schon gemeinsam aus. Sie haben mir gezeigt, daß ich für mich selber, nicht nur für einen Mann einen Wert habe. Und daß mir als Frau eine Frau besser helfen kann als ein Mann.

Fast zwei Jahre hatte sie gemacht, was sie wollte. Einfach auf ihr Gefühl gehört. Worauf hatte er gehört? Auf die Eltern, die immer sein Bestes wollten. Auf die Lehrer, die das Beste für die Schule wollten. Auf die Vorgesetzten, die das Beste, ja wofür eigentlich wollten. Sperber hatte plötzlich das Gefühl, etwas zu verpassen. Er steckte den Brief in die Innentasche, die Zeitung in die Aktentasche und zahlte.

Er löste eine Fahrkarte und stieg in den Zug in Richtung Stadt. Irgendwann kamen Kontrolleure. Die Fahrkarten bitte. Sperber schreckte hoch. Wie bitte?

Ihre Fahrkarte bitte.

Brusttasche links? Rockinnentasche? Hosentasche rechts? Im Portemonnaie? Im Hemd? In der Gesäßtasche? Sein Herz schlug am Hals. Da, tatsächlich, dieser Fetzen. Aber der Kontrolleur war längst weg. Sperber stand auf, wollte hinterher. Aber der, schon am Ausgang, winkte ab: Danke, habe gesehen. Sperber setzte sich wieder. Ein Erfolgserlebnis.

Die Schuljungen, die an den Türen standen, hatten sich

gleich auf Sperber geeinigt. Sie grinsten. Sie redeten halblaut. Einer lachte. Sperber schlug die Beine übereinander und nahm die Mütze ab.

Nur in geschlossenen Räumen ist das Abnehmen der Kopfbedeckung gestattet.

Sie hatten alle kragenlanges Haar.

Nach drei Stationen, es war städtischer geworden und der Waggon immer voller, erreichte der Vorortzug den Hauptbahnhof. Das Aussteigen eine Befreiung.

Er stieg um in die U-Bahn.

Eine Überraschung ist das aber. Die Mutter.

Tag. Der Vater. Wo kommst du denn her?

Jokelmann mache zum erstenmal einen einigermaßen gepflegten Eindruck, fand Opa.

Sie standen alle im Flur.

Nun kommt doch rein. Mutter nahm Sperber die Tasche mit der schmutzigen Wäsche ab und verschwand in der Küche.

Setz dich, Junge. Vater zog ihn an den Couchtisch.

Sperber öffnete die Blechdose mit den Besucherzigaretten, griff sich mit spitzen Fingern eine aus dem fest gepreßten Bündel heraus. Zündete das schwere Tischfeuerzeug. Ihm fiel auf, daß er es vorher noch nie benutzt hatte.

Opa setzte sich dazu. Machst'n Klaren? Mutter hatte die kalte Kornflasche und drei vereiste Gläschen schon in den Händen.

Sperber öffnete den unteren Knopf seines Uniformrocks und lockerte den Binder. Opa schenkte ein. Feuer frei, sagte er, und die Gläser leerten sich gleichzeitig.

Eigentlich könntest du dich ja auch anmelden. Hätten wir schön zusammen Mittag gegessen. Mutter.

Sperber ließ sich einen zweiten Korn einschenken. Es würde ihn lockern.

Ich mach dir ein Brot mit Schwarzwälder Schinken.

Sperber sah sich um. Eine neue Stehlampe. Abstoßend modern. Jahr für Jahr hatte Mutter – die immer sagte, sie gehe eben mit der Zeit, und das Leben sei kurz genug – erst die Anrichte, dann einen Läufer, schließlich die Couch-Garnitur rausgeworfen. In den letzten vier Jahren war die ganze Wohnungseinrichtung erneuert worden, bis auf wenige persönliche Stücke. Zu denen hatte Sperber immer die hölzerne Stehlampe mit dem laubgesägten Schirm gerechnet. Sperbers Onkel hatte sie gleich nach dem Krieg gebaut.
Opa holte noch einmal den Karton mit den Parisbildern. Die habe ich dir bestimmt noch nicht gezeigt. Jokelmann.
Sperber sah sie mindestens zum siebten Mal. Hier stehe ich auf den Champs-Elysées. Und hier am Unbekannten Soldaten. Ja, la France. Ich war damals schon dreißig, hatte schon Familie. In Paris ist keine Bombe gefallen, damals. Aber die deutschen Städte, die lagen bald in Schutt und Asche.
Vater erzählte vom Ausbau der KFZ-Werkstatt. Da käme jetzt noch die Autoelektrik hinein. Er hätte dafür zwar keinen Meisterbrief, aber man meinte, daß er davon am meisten verstehe. Mutter stellte den Teller mit den belegten Broten vor Sperber hin. Nun laßt ihn doch erstmal essen.
Vater mußte jetzt wieder in die Werkstatt.
Was ich noch sagen wollte, ich habe Susanne auf dem Markt gesehen. Schönen Gruß. Sollst dich mal melden.
Sperber erschrak, versuchte aber, sein Gesicht gleichgültig zu halten.
Ist zwischen euch eigentlich noch was?
Sperber tat, als habe er nicht verstanden. Opa zog ihn aus dem Sessel. So, jetzt knöpf mal den Rock wieder zu und den Binder – zeig mal – wieder strammer, der Stoff ist

nicht schlecht, komm mal mit auf den Balkon. Ich will einen Schnappschuß von dir machen.
Er lehnte sich an die Geranienkästen. Opa drückte ab. Dann sagte er, dicht an Sperbers Ohr: Deinem Vater hätte der Dienst auch gut getan. Seit ich bei euch wohne, erlebe ich, wie er von Tag zu Tag schlaffer wird.
Sperber hielt es knapp zwei Stunden aus. Er täuschte einen Bereitschaftsdienst vor und verabschiedete sich, mit schrankfertiger Wäsche in der Tasche.
Vor den Telefonzellen im Hauptbahnhof ging er unschlüssig auf und ab. Dann betrat er zögernd die letzte Zelle.
Er hatte den Hörer schon in der Hand, da hängte er wieder ein und ging.
Die da drüben in schwarzer Lederkleidung mußten ihn schon eine Weile beobachtet haben. Es waren drei, vier, sieben Typen. Sie redeten laut. Er schnappte Heilsarmee auf. Keinen Arsch in der Hose.
Besondere Zurückhaltung ist gegenüber Betrunkenen und bei Zwischenfällen aller Art geboten. Sehr schnell kann ein unbeteiligter Soldat in Uniform durch provozierende Äußerungen ungewollt Mittelpunkt eines Auflaufes werden und in Schwierigkeiten geraten, mit denen er allein nicht mehr fertig wird.
Jetzt könnte er Eddie brauchen. Sperber blieb am Kiosk stehen. Sie waren schon hinter ihm. Sahen sich die Auslagen an. Er ging weiter. Geld hatte er ja nicht. Aber der Truppenausweis. Sie begleiteten ihn aus dem Ausgang. Hinab in die Fußgängerunterführung. Sind ja Passanten genug hier. Sperber beschleunigte trotzdem etwas. Suchte nach Uniformen. Aber nur schwarzes Leder hinter ihm und hart schlagende Absätze. Sperber blieb stehen.
Tag, General, was hast Du denn da auf der Brust? Der Kleinere faßte Sperber gelassen an das Abzeichen über

der Brusttasche. Er hielt still, als sollte er geimpft werden. Der Schwarze zog die Luftwaffenschwinge behutsam wie ein unliebsames Preisschild von Sperbers Brust herunter. Währenddessen hielt der andere Schwarze Sperbers Arm, drückte ihn mit den Fingerkuppen: Mach keinen Putz, General. Was hastn da in der Tasche, General? Zeig mal her, General. Ein Unterhöschen!

Sperber ließ alles geschehen. Er blickte sich um. Die Leute, die vorübergingen, sahen weg. Eine ältere Frau begann zu laufen.

Die Schwarzen ließen ihn los und hielten sich grinsend gegenseitig die Schwingen an die Motorradjacken. Biergeruch. Sie wünschten noch einen schönen Abend und gingen schwerbeinig davon.

Das war's also schon. Vielleicht sollte er dankbar sein. Rocker sind überhaupt nur große Kinder, hatte er mal gehört. Lederschmuck statt Federschmuck. Er kam sich erwachsen vor.

Aber als er auf seiner rechten Brust statt der silbernen Schwinge jetzt einen dunklen Fleck sah, fühlte er sich doch gerupft. So konnte er sich jedenfalls nicht öffentlich sehen lassen.

Der Soldat wird schärfer beobachtet, steht mehr als andere im Blickfeld, und man erwartet von ihm ein besonders einwandfreies Verhalten. Aus dem Verhalten des einzelnen werden Rückschlüsse auf die Bw insgesamt gezogen.

Raus aus dem Schußfeld. Auf andere Gedanken kommen. Er schloß seine Tasche in ein Schließfach. Wieder aus dem Bahnhofsgebäude heraus, schwenkte er zu den Nachtbars und Sex-Shops hinüber. Seinen Schritt hatte er unwillkürlich verändert. Mehr Swing statt Marsch, aber auch weniger federnd, eher schlaksig. Die Rechte steckte er erst einmal in die Tasche. Vielleicht war er ja auch bloß zu stelzig, zu vogelscheuchig gegangen. Vor

der Auslage einer Sex-Boutique machte er Halt. Wieder schwarze Ledersachen, Peitschen, schwarz. Mit vielen Strängen. Damenschuhe mit Absätzen wie Drehbleistifte.
Eine Polizeisirene. Sperber drückte sich durch einen Vorhang aus herabhängenden Plastikschnüren, stand in einer Art Hausflur. Der Lautsprecher eines Pornofilms. Durch eine seitliche Verglasung sagte jemand: Eintritt fünf Mark. Er zahlte und nahm Platz im Vorführraum. Außer ihm noch zwei Männer, sonst war der Saal leer.
Das aufregende Gefühl, illegal zu handeln.
Verschiedene nackte Frauen bewegen sich durch einen Pferdestall. Sie striegeln die dunklen, glänzenden Tiere. Hantieren mit Lederriemen, Peitschen, ziehen den Tieren Gurte unter die Bäuche und unter die Schweife. Ein festgebundener Hengst erhält einen besonderen Hüftgurt mit Loch, durch das eine Magd sein Glied zwängt. Es versteift sich sofort.
Der Bauer tritt ein, um die Arbeit der Stallmägde zu inspizieren. Er trägt Gummistiefel bis über die Knie, eine weite Hose aus grünem Loden und einen eng gezurrten Hosenriemen in der Taille. Der Bauer peitscht eine Magd aus, die das Glied des Hengstes umfangen hält. Er befiehlt den übrigen Mägden, sich auszukleiden und ordnet schwarze Unterwäsche an. Es sind breitgurtige, tief einschnürende Taft- und Lederstücke. Unter ihnen quellen die Brüste und das Fleisch aus den Hüften hervor. Aus den engen Strümpfen drängt das Fett.
In Uniform hat der Soldat bei der Auswahl von Lokalen besondere Rücksicht zu nehmen. Das gilt durchweg für die in den Großstädten üblichen und allgemein bekannten Vergnügungsviertel.
Die Mägde haben nun die Scheiden der Stuten feuchtzureiben.

Der Bauer inspiziert jede Stute einzeln. Dann besteigt er eine Magd, die er vorher mit Fallschirmsprunghaltern kreuz und quer verschnürt hat. Am Ende steigt der Hengst über die Stuten.
Sperber kam durch einen schweren Tuchvorhang zurück in den Sex-Laden und von dort auf die Straße.
Er sah wieder die dunkle Stelle oben am Rock. Erschrak. Griff schnell in die Innentasche. Der Truppenausweis steckte noch.
Er betrat einen Stehbierausschank. Am Tresen versuchte jemand, mit ihm ins Gespräch zu kommen. Er ließ ihn abblitzen. Stur blätterte er in seinem Kalender. Ein paar Adressen hatte er ins neue Jahr übertragen.
Größte Zurückhaltung ist in Gesprächen mit Unbekannten und gegenüber Bewirtung durch Fremde geboten. Verhalten bei Verdacht von Anknüpfungsversuchen siehe „Militärische Sicherheit".
Anne. Da mußte er wieder endlose Anhörungen von Familienproblemen fürchten. Annäherung erst nach Stunden.
Manuela, wie der Name. Diese vollbrüstigen Nachmittage. Perlmutt. Nicht mehr zurückzuholen, gut für die Erinnerung.
Es sollte aber für jetzt sein.
Mit Silke war von vornherein alles zu ernst angelegt gewesen. Sogar von Kindern hatten sie gesprochen. Plötzlich hatte er nicht mehr von sich hören lassen. Er hätte ihr nicht begegnen mögen.
Besser schon ein guter alter Kumpel in Frauengestalt. Wo nicht groß aufgebaut werden müßte. Wo seine Hand, unter ihre Achsel gelegt, nicht gleich abgefangen würde. Wo man sich mit ein paar leisen, lachenden Worten hinübertasten könnte. Aber mit so einer Adresse konnte

sein Kalender nicht dienen. Und was hätte er jetzt einer Frau schon zu erzählen?
Doch Susanne? Du hör mal, Susanne, wir waren zwar ziemlich festgefahren. Oder: Was meinst du, wie ich hier rumgehangen habe. Wochenlang nur mit mir selber beschäftigt. Vielleicht war die Trennung tatsächlich die einzige Lösung für uns? Trotzdem, einfach wortlos verschwinden war nicht fair. Warum keine einzige Erklärung: Du bist mir zu unerfahren. Ich finde dich zu unbeweglich. Du hast mich nie in deine Zukunftspläne aufgenommen. Du hast mir keinen Raum gelassen. Bei dir fühle ich mich nicht geborgen.
Aber kein einziges Wort von dir. Dein Brief dann hat mich gekränkt: Ich wußte schon, daß es dir mehr um dich ging als um uns beide. Das gab mir auch etwas Selbstvertrauen zurück.
Irgendwie waren es noch immer die falschen Worte.
Er war jetzt auf der anderen Seite des Bahnhofs, hörte seinen Schritt auf dem Trottoir. Mit einiger Konzentration konnte er vermeiden, die Schuhe auf die Fugenstriche zu setzen. Nachdem er sich langsam auf ein mittleres Marschtempo eingestellt hatte, fand er, daß der Abstand zwischen den Fugen der ihm eigenen Schrittweite entsprach. Er stimmte sich wie von selber auf den seit Wochen vertrauten Vierer-Takt ein und begann wortlos Links-zwo-drei-vier zu zählen. Das Zählen machte ihm das Gehen leichter.
Es war acht geworden. Er stand wieder vor der Schalterhalle des Hauptbahnhofs. Der Fleck über der Tasche saß wie ein Loch im Stoff. Es hingen noch Fäden dran. Er zupfte sie heraus.
Beim Weitergehen spürte er genau an der Stelle einen Druck. Es war keine Einbildung.
Melden würde er den Fall nicht. Die Kleiderkammer müßte ihm eine neue Schwinge draufnähen. Aber so eine Art Narbe würde zurückbleiben.

Es zog ihn zur Kaserne zurück. Vor der Rückfahrt holte er sich die lästige Tasche wieder aus dem Schließfach. Dann suchte er sich in einem Kiosk ein kleinformatiges Pornomagazin aus, legte eine Zeitung darum, bezahlte beides und ließ das Heft in einem unbeobachteten Moment in der Innentasche des Gehrocks untertauchen. Nun gab es einen heiklen Punkt mehr an seinem Anzug. Aber das war ihm jetzt gleichgültig.

Stube 11 war tatsächlich leer. Er hätte gern Gesellschaft gehabt. Und sei's nur für das Hinfallen auf den Stuhl, miterlebt von einem anderen, der ihn gefragt hätte, was ist los mit dir?

Sein erster Gedanke Samstagmorgen war Susanne. Hatte er auch von ihr geträumt? Er versuchte, sich zu erinnern. Nichts Aufregendes. Aber daß sie jetzt wieder in der Nähe war, genügte, um ihn nervös zu machen. Was wollte sie? Mit dem Brief war doch die Trennung erst einmal richtig begründet und besiegelt worden. Oder? Was soll die Karte? Dieser Gruß über die Eltern? Die Sache war ausgestanden und vorbei. Keine Lust, einen alten Kessel wieder anzuheizen.

Aber er brachte keine Ordnung in seine Gedanken. Sie wechselten die Bahnen wie Tischtennisbälle. Endlich überredete er sich zu einem Anruf, obwohl er eigentlich mehr dagegen war.

Die Poststelle lag neben dem Küchengebäude. Davor in zwei Dreierreihen die Telefonzellen. Alle belagert.

Je länger Sperber wartete, desto weniger wußte er, was er sagen würde. Nach zwanzig Minuten war er dran. Als er gewählt hatte, legte er sofort auf. Jemand rüttelte an der Tür. Überleg dir vorher, was du sagen willst. Er nahm den Hörer wieder aus der Gabel. Jetzt kam seitlich jemand an die Glaswand und sah ihn an. Sperber verließ die Zelle. Geh du vor, sagte er zum Nächsten. Stell dich

hinten an, sagte der Übernächste, jeder nur ein Gespräch. Leck mich, sagte Sperber, und brachte Unruhe in die Schlange. Das Ding hakt, log er schließlich und konnte stehenbleiben.
Er war wieder an der Reihe. Wählte langsam.
Ja hallo?
Susanne?
Wer ist denn da – Jochen?
Ja. Du bist wieder da, hör ich.
Hast du meine Karte bekommen?
Auch den Gruß vom Markt.
Pause. Ein Schweigen, das auf den Magen schlägt. Vor der Zelle draußen die Antreiber.
Komisch, nicht? Ihre Stimme klang rauh.
Möglicherweise auch überflüssig.
Du brauchst nicht zu denken –
Ich denke gar nichts, unterbrach er.
Ah so. Gar nichts. Was fängt man damit an?
Wieder Pause. Dann sie: Ich mag keine Telefongespräche – sehen wir uns mal?
Nur so?
Meinegüte, ich bin seit zwei Jahren mal wieder im Land und möchte einen alten Freund sehen.
Dein alter Freund –
Ich hab keine Lust, es so spannend zu machen, wirklich nicht.
Ist schon okay. Also wann?
Sag du mal. Ich bin wohl beweglicher, im Moment.
Gut, um acht im Anker?
Meinetwegen auch im Anker.

Seit damals war er nicht mehr dort gewesen. Aber es lag immer noch dieser Geruch von frittiertem Tintenfisch in der Luft, und die Wände waren noch immer mit der Jute alter Säcke aus dem Hafen behängt. Auf den Tischen steckten Kerzen in Flaschenhälsen. Die Ecke, in der sie immer gesessen hatten, wirkte unverändert. Wie viele Abende hatten sie dort gesessen. Geschmust, gestreichelt, geträumt.

Er stieg auf einen Hocker am Tresen.

Als dann das schwere grüne Tuch zur Seite geschoben wurde, war er sicher, daß sie es war. Pünktlich war sie immer gewesen, und er immer fünf Minuten zu früh.

Sie sah zuerst in die Ecke. Dann herüber zum Tresen. Sie kniff die Augen zusammen. Blickte noch einmal im Raum herum, dann wieder zu ihm. Kopfschüttelnd kam sie auf ihn zu. Mensch, Jochen. Ihr Blick wanderte in seinem Gesicht.

Bei dir ist einiges passiert, ja? Ihre helle, heisere Stimme. Geht's dir schlecht?

Ich weiß nicht, wie es mir geht.

Er zog einen Hocker heran, und weil sie immer noch so eingepackt dastand (es war doch warm hier, oder?), hätte er ihr gern diese weite, viel zu warme Jacke abgenommen. Aber sie kletterte schon, ohne die Umhängetasche abzusetzen, auf den Hocker. Jetzt, als sie die Tasche abstreifen wollte und der Riemen an ihrem Schulterpolster hängenblieb, konnte er ihr helfen. Danke es geht schon.

Sie bestellte Bier.

Verstohlen sahen sie sich an. Sie wirkte schlaksiger als früher. Ihr Blick war gelassen, ein bißchen zu gütig, wohlwollend. Aber es beruhigte ihn, daß die Frau, die ihm jetzt gegenüber saß, nicht mehr die Susanne zu sein schien, die er sich in den ersten Monaten nach ihrer Abreise vorgestellt hatte. Das lachende Mädchen, das auf alles eine schnelle Antwort hat und, dankbar für Abwechslung, ständig auf neue Personen und Themen um-

schaltet, dann aber, allein, melancholisch und hilflos ist.
Du siehst komisch aus mit deinem kurzen Putz. Ihre Augen wurden beim Lächeln ganz klein. Ist das Vorschrift?
Ich habe den dienstlichen Befehl erhalten, zum Friseur zu gehen. Den Rest hat dann der Standortfriseur für meinen Zugführer erledigt.
Wärst du lieber nach Kanada gegangen?
Der Musterungsbefehl kam ein halbes Jahr vor dem Examen. Ich dachte, die fünfzehn Monate würde ich schnell hinter mich bringen. Aber es sieht im Augenblick nicht so aus.
Ich finde es schön, dich wiederzusehen. Schließlich haben wir uns mal ganz gut gekannt.
Und dann hat einer einen neuen Film eingelegt.
Der ist abgelaufen. Aber unser Stück Film davor, das ist –
– ist auch abgelaufen.
– ist eine Tatsache.
Eine historische Tatsache, wunderbar.
Ich meine, der ist immer noch drin, sei nicht so zerstörerisch, in jedem von uns beiden ist doch noch was aufbewahrt.
Was willst du damit sagen?
Daß ich dich nicht völlig aus meinen Gedanken herauslassen kann, und ich will auch nicht die alte Geschichte aufwärmen, und im übrigen ist für mich einiges nicht mehr möglich seit Ulf.
Und was *ist* möglich?
Ich weiß immer besser, was ich nicht will.
So ging es ihm auch. Aber er behielt es lieber für sich. Das wäre zu viel Übereinstimmung gewesen. Sich lieber jetzt nicht durch Sätze festlegen. Und wenn alte Gefühle sich einstellen sollten: ignorieren. Sie würden sich verbrauchen. Es müßte hier und heute sein oder gar nicht.
Und was machst du so? Jobst du?

Ich habe mich von Rom aus an der Werkkunstschule eingetragen. Das Semester lief schon, als ich hier ankam. Ich habe einiges nachzuholen.
Ihr Abschiedskuß war kurz. Aber er spürte ihn noch auf seiner Wange, als er längst im Zug saß und durchs Abteilfenster den weißen Lichtstreifen der Waggons neben den Gleisen über Häuserwände, Straßen, Brücken und Kanäle entlangwandern sah, mal ihn anspringend, mal zurückfallend, dann über grünaufleuchtende Getreidefelder ruhig hinstreichend.
Das Gespräch war irgendwie versackt. Gelegentlich sollten wir uns treffen, hatte sie zum Schluß gesagt.
Keine Rede von hier und heute.

7.

Er wachte erst gegen elf Uhr auf. Ausgeschlafen. Die gestrafften Betten der anderen. Seines war zerwühlt, aber er ließ es so. Etwas Ungerades sollte heute schon sein. Er legte Arbeitszeug und Sportschuhe an.
Zum Frühstück stellte er den Resopaltisch ans Fenster. Ein offener Türflügel drüben im Bataillonsblock blendete ihm die Sonne ins Gesicht. Er zog die Vorhänge bis auf einen Spalt zu.
In seinem Eßfach lagerten noch Bundesreserven. Er riß eine Blechdose Vollkornbrot auf – ein hellbrauner Klumpen rollte auf die Tischplatte. Die Schnitten waren verklebt, er mußte sie mit dem Klappmesser nachschneiden. Der Krümel, den er abbrach, war Jahre alt. Aus einer Aluminiumtube drückte er sich eine Margarinesonne aufs Brot, aus einer anderen Tube Pfützen von Erdbeermarmelade. Im Feldbecher dann über dem Trockenbenzinkocher Wasser kochen, die Teepulvertüte mit den Zähne aufreißen, reinschießen und Tütenzucker reinregnen lassen. Auf die zweite Schnitte Tubenschmelzkäse mit Kräutern.

Unter feindlichem Feuer, seit Tagen abgeschnitten von Nachschub und Verpflegung, die letzte Margarine auf das letzte Scheibchen. Eine Koffein-Schoko rein als Abendmahl, und wenn dann noch ein Gas in die Lunge schießt, ABC-Schutzmaske auf und Atropinspritze in den Oberschenkel. Heißen Tee mit Rum aus der Feldflasche. Diesen letzten Trip aus vollen Zügen.

Die gelben Vorhänge wischten leise die Fensterbank. Die Luft ist blau. Rundrum tiefer Frieden.

Er entschloß sich, einen Spaziergang im Kasernengelände zu unternehmen. Er kannte den Bereich kaum: Vom Marsch, von der Formalausbildung vielleicht, von den Zielübungen.

Er schob die Hände flach in die Taschen. Vor zehn Jahren gab es einmal Frühlingsgänge vor die Stadt, Schwalben, die sich durch den Wind schlugen, Duft von gemähtem Rasen und Moder.

Er verließ die Betonpiste, folgte einem schmalen Plattenweg hinter dem Block der 6. und 8. Batterie und geriet auf den Streifenpfad entlang der Kasernenmauer. Oben auf den Steinen glitzerten die grünen, braunen und weißen Glasscherben mit scharfen Klingen in der Sonne. Auf der anderen Seite war Frauenlachen zu hören. Jetzt mit dem Urlaubsschein, der in der Jacke steckte, über den Zaun nach drüben, obwohl man durchs Tor gedurft hätte –

Er verfolgte den Streifenweg, der ums ganze Gelände lief. Der Sicherheitsbereich wurde ab dort, wo die Mauer aufhörte, durch einen hohen Drahtzaun geschützt. Das Gras davor wuchs hart und holzig. Zwischen den Büscheln waren verrostete Stahlbetonreste zu erkennen. Überbleibsel aus den Kriegsjahren?

Die Steppe reichte bis weit hinten zu den neuen Eternit-Schuppen. Er stieg durch verwilderte, grün und rot schim-

mernde Johannisbeersträucher, Ginster, der nun auch bald blühen würde. Er kam auf eine Betonstraße. Balancierte auf der mittleren Straßenfuge wie auf einer Landelinie über Moos und Graslinien auf die Fahrzeugschuppen zu. Da standen die Brummer, die MAN-5-Tonner. Eine Motorhaube wie die andere, stumpf, kantig und protzig, unten mit strammen Gummiknebeln verzurrt. Die Stoßstangen aus zwei handbreiten U-Eisen, an den Seiten gekrümmt, außen die federnden Stäbe mit den weißen Kugeln zum Rangieren. Auf Stoßstangenmitte die geschmiedeten Kupplungen mit Patentriegeln, schwer gefettete, stabile Zapfen an jedem Brummer. Er griff sich einen und zog daran, als müßte er den Bullen abschleppen. An jedem Zugwagen so eine Kupplung. Wie die fluchteten, wie an einer Stahlsehne ausgerichtet. Zweiter Brummer vor, vierter zurück, sechster vor, siebter zurück, das Ganze stehen. Jetzt auf diesen Bullen hier einen Reiter, und die dickste Mauer knickt weg.
Mal sehen, wie der Horizont da oben ist.
Er stieg auf das Trittbrett. Sah durch das Seitenfenster hinein. Dieses Steuerrad, von zwei Armen kaum zu umfassen, die massive, schwarze Bagelit-Kugel auf dem Sechsgangschalthebel, die die ganze Hand füllen würde, die Stutzen für die Belüftung, die karge, grobe Armatur, alles matt oliv. Er versuchte, den Türgriff hinunterzudrücken. Die Tür war verschlossen, die Plastikfenster von innen verriegelt. Alles solide. Er patschte mit der flachen Hand gegen das Türblech, drehte den Außenspiegel.
Vom Erdboden aus hatten die Motorhauben gewaltig gewirkt. Jetzt lagen sie unter ihm. Vom Fahrerplatz aus mußten sie gut zu übersehen sein. Hoch über der Fahrzeugmasse plaziert, den Aufbau im Rücken, Horizont von über 180 Grad. Wenn man da am Schaltpult saß, war der Brummer beherrschbar. Eine fahrende Festung, eine

Burg. Da sollte mal so ein pissiger BMW kommen, meinetwegen ruhig frontal. Da machen wir doch ne Pizza draus.
Was suchen Sie hier?! Sind Sie Soldat?
Kordel an der Oberleutnantschulter: Der Offizier vom Dienst.
Sperber baute sein Männchen, in Jeans und ziviler Jacke. Er legte sogar die Grußhand an die Stirn.
Ich habe Sie gefragt, was Sie hier suchen. Wenn Sie es nicht wissen, werde ich es Ihnen erzählen. Sie haben sich an dem MAN zu schaffen gemacht. Gegen die Tür geschlagen. Sie haben versucht, in das Führerhaus einzusteigen.
Wie bitte?
Nun erzählen Sie endlich, was Sie hier vorhatten.
Sperber hätte vorbringen können, daß er sich für schwere LKWs interessiere. Daß er sich während seines Fachschulstudiums auch mit Fahrzeugbau beschäftigt habe. Daß er eine Sammlung von Matchbox-Lorries besitze. Daß er schon als Kind – Er sagte nur: Nichts, Herr Leutnant.
Ihren Truppenausweis.
Sperber zog ihn aus der Innentasche des Jacketts. Der OvD nahm ihn, schlug ihn auf und gab ihn wortlos zurück.
Fünfzig Meter weiter stand der Jeep, der Fahrer hatte am Straßenrand gehockt und gewartet. Sperber sah, wie der OvD einstieg, etwas aus dem Handschuhfach nahm, offenbar ein Buch oder ein Heft, und etwas hineinschrieb.
Der Jeep fuhr ab.
Sperber setzte sich auf den Bordstein. Da war doch was gewesen eben. Er phantasierte doch nicht. Er besah sich die Hände. Er kannte die Fingernägel, die jetzt über den Handrücken kratzten. Er spürte einen kribbeligen Schmerz. Und der Jeep da hinten in der Kurve war, leise

werdend, noch zu hören. Drüben an dem Ginstergestrüpp hatte der Fahrer gehockt. Die Sonne stand hoch. Ja, es war heller Tag. Seine Armbanduhr zeigte zehn nach drei.
Als der OvD auf seine Uhr gesehen hatte, war es drei gewesen.
Er stand langsam auf. Im Gehen sah er noch einmal zu den Lastwagen zurück. Ihre Motorhauben erschienen ihm kantiger als vorher. Er versuchte zu lachen. Er brachte aber nur eine Art Aufstoßen zustande.
Sperber entfernte sich, ohne sich ein zweites Mal umzusehen.

Montagmorgen, Befehlsausgabe.
Ziehen Sie den Dienstanzug an, Kanonier Sperber, und melden Sie sich beim Chef.
Jawohl sagen, sich abmelden, auf die Stube kommen und dann erst begreifen. Wegen gestern, natürlich. Da sollte also was draus gemacht werden.
Amerikanischer Knoten mit leichten Quetschfalten. Sperber rupfte ihn wieder auseinander. Da hatte sich also einer an den Schreibtisch gesetzt und einem Gefreiten an der Schreibmaschine den Namen Jochen Sperber diktiert. Das Krawattentuch war an der Knotenstelle zerknüllt. Er zog sie über die Tischkante. Der deutsche Knoten hatte eine Schlaufe weniger, war asymetrisch, ein schiefes langes flauschiges Dreieck. Er wurde nicht gern gesehen. Wieso eigentlich Jochen? Genügte nicht Sperber? Ihre Pekazett. Aha, deshalb. Sperber versuchte die Mulde, die beim neuen Knoten entstanden war, mit dem Zeigefinger von der Innenseite des Knoten herauszustülpen. Durchschlag der Meldung an folgende Stellen. Der Finger zitterte. Er besah den Nagel. Er hatte vorher noch

nicht bemerkt, daß der Nagel sich ja förmlich über die Fingerkuppe krümmte.
So, und nun Schiffchen auf. Wenn der Chef ihn unbedingt sehen wollte, müßte er ihn eben mit verbeultem Knoten akzeptieren.
Sperber baute sein Männchen.
Ich habe hier eine Meldung, fing Buster an, Sie wissen wovon ich spreche. Was sagen Sie dazu, Kanonier Sperber? Rühren Sie.
Ich weiß nicht, was das soll, Herr Hauptmann.
Ich habe als Batteriechef Sorgepflicht für jeden einzelnen. Ich frage Sie deshalb nicht als Disziplinarvorgesetzter, sondern gewissermaßen als Vertrauensmann. Kanonier Sperber, Sie waren während des Wochenendes als einziger nachts auf der Stube. Die meisten Soldaten nutzen das erste lange Wochenende. Nehmen Sie Platz.
Sperber setzte sich auf den Stuhl vor Busters Schreibtisch.
Haben Sie Kummer?
Nein. Wieso?
Ihm war nicht klar, worauf Buster hinauswollte. Es ging doch um diese Meldung, oder?
Manchmal würde so ein Wochenende, fuhr Buster fort, auch sehr teuer. Er wisse, der Wehrsold sei bescheiden. Ob es Sperber an Geld fehle.
Nein. Er habe zu dieser Sache, die keine Sache sei, nichts mehr anzugeben. Aber er möchte gern von Hauptmann Buster wissen, was denn an einem Sonntagspaziergang im Kasernengelände so verdächtig sei.
Sperber solle sich darüber keine grauen Haare wachsen lassen, das nehme alles schon seinen ordentlichen Lauf.
Was heißt das?
Sicherheitsfragen dieser Art werden nicht von der Truppe selber überprüft. Das ist Sache des MAD, des

Militärischen Abschirmdienstes. Für mich bleiben Sie der Kanonier Sperber, als der Sie sich hier zeigen, und ich will und darf mir nur auf Grund der für mich erkennbaren dienstlichen und militärischen Leistungen und nach den schriftlichen Beurteilungen Ihrer Ausbilder ein Urteil bilden.
Der S 2, der Sicherheitsoffizier, möchte Sie noch sehen. Melden Sie sich anschließend bei ihm.
Buster reichte die Hand. Das war nicht wenig in diesem Augenblick, aber Sperber nahm sie nur widerstrebend.

Der S 2 im Bataillionsgebäude verglich sorgfältig die Personalien.
Ob Sperber von seiner Dienstzeit einer Jugendgruppe angehört habe.
Nein.
Einer studentischen Organisation.
Nein.
Oder einer politischen Partei.
Nein.
Ob Verwandte oder gute Bekannte von ihm in der DDR oder in einem anderen Ostblock-Land wohnten.
Nein. Ist das hier ein Verhör?
Er könne die Antwort verweigern. Durchaus. Davon würde er aber abraten.
Ob er sich schon einmal in der DDR aufgehalten habe.
Ja.
Wann das gewesen sei.
Vor zwei Jahren.
Und für wie lange das gewesen sei.
Für ein paar Stunden.
Mit wem er gereist sei.
Allein.

Er sei offenbar viel allein. Wo genau in der DDR das gewesen sei.
In Ostberlin.
Aus welchem Grund habe er die Fahrt angetreten.
Ich war im Theater.
Im Theater. Der S 2 sagte es halblaut nach, während er etwas niederschrieb. Er machte sich nach jeder Antwort Notizen. Ob Sperber, fuhr der Sicherheitsoffizier fort, in Ostberlin Kontakt mit offiziellen Stellen gehabt habe.
Nein.
Ob er wisse, daß Soldaten von hier nicht ohne Erlaubnis in die DDR reisen dürften.
Ja.
Welchen Sinn er denn in der Wehrpflicht sehe.
Sperber überlegte. Dazu möchte ich im Moment nichts sagen.
Er brauche ja nicht zu dienen. Von Gesetz wegen könne er auch das Recht in Anspruch nehmen, zu verweigern. Was er denn davon halte.
Damit habe ich mich noch nicht befaßt.
Ob er den Eindruck habe, daß noch andere Soldaten aus der 7. Batterie so dächten wie er.
Darüber kann ich keine Angaben machen.
Der Sicherheitsoffizier erhob sich. Sperber möge draußen im Schreibzimmer nach der Niederschrift die Meldung und das Protokoll durchlesen und sich dann zur Unterschrift noch einmal bei ihm melden.
Nach einer Weile wurden ihm beide Schriftstücke vorgelegt. Sperber fand sie in Ordnung. Einen Satz wollte er aber dann noch korrigieren lassen. In der Meldung hatte es geheißen, daß der „Verdächtige sich am Führerhaus des Mannschaftswagens zu schaffen gemacht" habe. Jetzt stand da: „Der Bezeichnete bestieg den Tritt zum Führerhaus und sah von außen durch die Türscheibe hinein."

Vor dem Bataillonsgebäude merkte Sperber, daß mehrere Fenster, die auf die Straße gingen, geöffnet waren. Nato-Pause. Vereinzelt blickten Soldaten heraus. Er bildete sich ein, die Köpfe folgten seinen Schritten.
Die Kantine würde jetzt leer sein. Er wählte einen Platz am Fenster. Sah hinunter. Da, den Bordstein entlang war er eben gegangen.
Hinter ihm der Wirt.
Na, VP-Station?
Sperber und verpissen. Er würgte ein Lachen hervor: Nein, Sonderkommando. Bitte einen Kaffee.
Zu Befehl, Herr Truppführer.
Der Kantinenwirt gab sich, wie manche Zivilisten, besonders soldatisch. Er war so um die fünfzig herum. Vielleicht hatte diese Tour auch geschäftliche Gründe.
Warum eigentlich brachte man seinen Abstecher nach Ostberlin vor Jahren mit dem Sonntagsspaziergang in Zusammenhang? Und was hätte eine Oma in Prag, wenn er da eine gehabt hätte, damit zu tun? Was war an diesem langweiligen Ostblock so interessant? Er sah auf seine Uniform: was war denn noch alles auffällig an ihm? Vielleicht, daß er Langstrecken lief, daß er stiller war als die anderen. In Nischi Nowgorod, da gibt es Salz aufs Brot, das macht die Wangen rot: daß er ein russisches Volkslied kannte, es vielleicht sogar schon einmal auf dem Kasernengelände gepfiffen hatte?
Zucker zum Kaffee?
Njet – Stille. Dann rutschte die Tasse auf dem Tablett, Kaffee schwappte über.
Sonst noch was?
Die Rechnung. Sperber zahlte und trank den warmen Kaffee in einem Zug. Er schlug die beiden Flügel der Schwingtür nach draußen. Abwesend ging er die Straße entlang. Achtete nicht auf Haltung.

Mann! Haben Sie das Grüßen verlernt, oder sehen Sie mich nicht?

Automatisch ging er vor Wolf in Grundstellung. Ihm fiel Bartels ein: Ich muß durch Sie hindurchgesehen haben, Herr Leutnant.

Wolf musterte ihn ausführlich. Zu lange, fand Sperber. Dann sagte er: Sie machen nicht gerade den frischesten Eindruck. Das liegt vermutlich an Ihrer Haartracht. Ich sehe Ihren Kragen nicht mehr. Sechs Zentimeter mindestens.

Jawohl, Herr Leutnant. Sechs Zentimeter.

Holen Sie sich sofort einen Passierschein.

Jawohl, einen Passierschein.

Heute war er offenbar vom Dienst freigestellt für besondere Behandlungen.

Der Garnisonsort war um die Mittagszeit von Einheimischen fast völlig verlassen. Der Einzelhandel schloß seine Läden für zwei Stunden. Mannschaftsdienstgrade und Unteroffiziere, die sich die Mahlzeiten auszahlen ließen, tätigten während der Mittagszeit ihre Einkäufe. Sonst hatte nur noch der Friseur geöffnet.

Sperber betrat den Salon Saß, ein längliches Wartezimmer mit an den Rändern erblindeten Spiegeln. Vor den Spiegeln Steingutbecken. Er hängte seine Dienstmütze auf und nahm Platz.

Als die Hände des Herrn Saß, der im Spiegel hinter ihm erschien, seinen Kopf wie für eine anatomische Vermessung ertasteten, fragte er sich, wie diese Finger wohl durch die Öhre einer Schere gingen.

Wie hätten wir's denn gern?

Der Schädel des Meisters erinnerte an einen überlaufenden Vulkan. Ein wulstiger buschiger Haarkranz umgab kraterförmig die Kopfhaut, deren Rosa sich wie Lava von dort ins Gesicht ergoß. Im Spiegel war dieser Kopf schräg über Sperber geneigt, wie auf einem Geschwisterfoto.

Wir. Es war Sperber unangenehm. Aber er ließ ihn machen.
Aus der Sicht des OvD offenbar doch ein verdächtiger Vorgang. Das war nicht nur ein Sonntagsspaziergang. Der Beobachtete späht ins Fahrerhaus, rüttelt an der Klinke. Dann reißt er entschlossen am Fahrerspiegel, wahrscheinlich um ihn abzureißen und damit das Fenster zu zerstören. Spioniert jedoch zunächst den Innenraum aus. Während er noch den Anschlag vorbereitet – Lenksäule blockieren, Zucker in den Vergaser, Zündkreislauf unterbrechen, Sprengsatz unter den Fahrersitz oder geheimes Waffendepot – ist der Saboteur gestellt.
Nach der Wäsche bekam Sperber eine Illustrierte in die Hand. Er lehnte sich zurück und blätterte. Herr Saß begann zu schneiden, dann schnippelte er.
So, wollen Sie bitte mal schauen der Herr.
Sperber schreckte hoch. Was, schon fertig?
Statt einer Antwort schwang der Meister den Kittel beiseite, bürstete ihm den Nacken aus und sah dann sein Opfer erwartungsfreudig an.
Sperber hatte seine wahre Schädelform bislang noch nicht gekannt. Er sagte nichts, erhob sich, setzte die Dienstmütze auf, sah noch einmal in den Spiegel, unter dem Mützenrand nur noch Stoppeliges, bezahlte mit einer Handvoll Münzen, die er auf den Frisiertisch legte. Besiegt drückte er sich aus der Tür. Der Wind traf seinen ungeschützten Nacken.
Es war eindeutig: Saß hatte Anweisung für alle, die während der Dienstzeit zu ihm geschickt wurden.
Leutnant Wolf, dem er beim Rückmelden in der Schreibstube begegnete, grinste. So sehen Sie doch gleich viel lustiger aus. Steht Ihnen wirklich gut.
Auf der Stube wurde gelacht. Scheck fragte, darf ich mal, und wischte darüber. Die anderen wollten auch. Aber Sperber ließ nur noch Eddie und Bartels ran.

Im Waschraum stellte er sich vor den Spiegel: Kopfform oval, Ohren leicht abstehend, langer Hals. Die Identifizierung fällt jetzt leichter. Aber er brauchte nur die Lippen etwas nach der Seite zu verziehen, eine Ohrmuschel ein wenig vorzudrücken, und schon traten deutliche Züge von Idiotie in sein Gesicht. Hatte Kahlköpfigkeit was mit Geisteskrankheit zu tun? Der Kopf da vorn war nur noch ein geschwollener Halsaufsatz. Wie schnell wächst Haar? Einen Millimeter pro Tag, also in vier Wochen drei Zentimeter. Sich eine Linie vorstellen im Abstand von drei Zentimetern um die Schädelkontur. Heiligenschein. Er grinste. Oder den Rest da oben ganz wegscheren. Überhaupt am besten gleich alle behaarten Stellen an seinem Körper bis auf die blanke Haut, ja, blutig rasieren. Und dann Hasenzähne. Das paßte. Die Augen noch etwas aufspreizen. Wie die Brauen ansteigen! Die Stirnhaut gequetscht wie eine Falttür. Die Nase wie ein Keil.

Wißt Ihr, sagte er, zurück auf der Stube, daß die Küchenbullen heute die Erbsen mit dem MG in den Eintopf geschossen haben? Eintopf ist erst morgen auf der Speisekarte, sagte Heimann. Dann schießen sie eben morgen, sagte Sperber. Immer die Rohre schön ölen, das bindet und macht Fettaugen.

Er fuhr sich an den Kopf, sah in die leeren Hände. Da war doch was, die Nerven signalisieren es auch. Der Veteran wird wahnsinnig, wenn der im Krieg gebliebene Fuß juckt. Phantom-Reize.

Als das Stubenlicht endlich ausgeknipst war, schob er seinen Kopf zwischen Kissenbezug und Inlet.

Morgens steckte er noch drin. Mit dem Weckpfiff wurde der Kopf rausgescheucht. Jetzt lag er auf dem Kissen. Sperber sah zu Bartels hinüber. Der Kopf rutschte dabei auf dem Kissen aus. Aber er mußte ruhig geschlafen haben. Sonst hätte er sich längst aus dem Bezug befreit. Er

richtete sich im Bett auf und setzte mechanisch zu einer gewohnten Bewegung an: mit den gespreizten Fingern vom Nacken nach oben durchs Haar. Doch bevor die Fingerspitzen die Kopfhaut erreichten, zuckten die Arme zurück.
Raustreten zum Frühsport! Ein paar Kreiselbewegungen mit dem Kopf. Wie der kalte Wind ihn ableckte, wie Blätter und Zweige an seinem Schädel kratzten. Er hätte einen Schonbezug für den Kopf brauchen können.
Doch beim Duschen war es besser, da traf ihn die warme Kraft, die würde die Haarwurzeln reizen. Wie besessen frottierte er das Haar. Vielleicht half das. Gewaschen sah es aus wie ein staubgesaugter Teppich.
In den nächsten Tagen wurde er immer merkwürdiger. Mußte kichern. Kickte anderen gegen den Fuß, so daß sie stolperten. Machte dumme Bemerkungen. Blödelte. Zeigte sich gegenüber Wolf als willig im Unterricht, meldete sich ständig. Kam jedoch kaum dran.

Die Batterie war ins Übungsgelände gezogen. Vormittags die fünf Gangarten, vom Schleichen über Gebücktgehen bis zum Aufrechtgehen in den verschiedenen Geländeteilen. Es hatte alle schwer geschlaucht. Wolf hatte sich insbesondere den störrischen Eddie immer wieder vorgeknöpft, Sperber dagegen kaum beachtet. Strafe durch Nichtachtung? Von Kubik allerdings war manchmal Lob gekommen. In diesen Tagen war Sperber gerade auf solche Anerkennung angewiesen. Und es schien ihm immer noch sinnvoll und erstrebenswert, sportlich und im Gelände gute Leistungen zu erzielen.
Nach dem Erbseneintopf aus der Gulaschkanone ging es weiter.
Kubik rief: Halbkreis! Alles herhören! Bartels, beschrei-

ben Sie das Gelände mit linker Grenze Nadelwaldrand, rechter Grenze Flußbiegung.
Ich habe den Auftrag, das vor mir liegende Gelände mit linker Grenze Waldrand . . .
. . . Nadelwaldrand . . .
Nadelwaldrand zu beschreiben.
Rechte Grenze!
Wie bitte?
Wie bitte! Wie bitte! Rechte Grenze Flußbiegung.
Rechte Flußbiegung als Grenze.
Machen Sie weiter, Bednarz!
Rechte Grenze Flußbiegung.
Jawoll. Das Gelände ist jetzt im einzelnen zu beschreiben.
Los Sperber!
Vor mir liegen in rund 80 Meter Entfernung . . .
Ungenau. Welche Richtung?
In Richtung, die ich zeige.
Los weiter.
In Richtung, die ich zeige Entfernung 80 Meter, wachsen zwei Weiden . . .
Vielleicht sind die schon abgestorben . . .
Ich wiederhole: In Richtung, die ich zeige, Entfernung 80 Meter, zwei Weiden. An ihnen entlang zieht sich ein Bach.
Was ist los mit Ihnen? Das soll nicht ins Poesiealbum, Sie, das soll jeder Soldat, der die Gegend nicht gesehen hat, wiedererkennen. Es heißt: Vor den Weiden, quer zur Beobachterrichtung, ein Bach, Handbreit links von den Weiden eine Holzbrücke . . . Machen Sie weiter, Heimann.
Eine Holzbrücke.
Vollständig!
Handbreit links von den Weiden eine Holzbrücke. Über sie führt eine Straße.
Keine Straße, ein Feldweg.

Was interessiert uns jetzt? Müller!
Mit welchen Fahrzeugen man auf der Straße fahren kann und welche Last die Brücke aushält.
Richtig. Machen Sie weiter.
Eddie schätzte, daß die Brücke eine Belastung von einer Tonne verträgt, beschrieb die Lage des Telegrafenmastes – ein A-Mast – ließ dann in der zweiten Reihe den kleinen Buschwald erscheinen.
Bednarz setzte mit gelangweilter Stimme den Kirchturm an den richtigen Platz.
Daumensprung links, Handbreit rechts, Daumenbreite Geradeaus 600, dritter Busch, halbrechts, vier Fingerbreiten links, Hilfsziel, Heuschober, halblinks 1000, undsoweiter undsofort. Nach einer halben Stunde hatten sie die Gegend in der Tasche. Bednarz fertigte eine Geländeskizze an.
So meine Herren, füllen Sie das Gelände mit gegnerischen Soldaten! Bednarz!
Ich verstehe nicht, Herr Unteroffizier. Was für Soldaten?
An den verdächtigen Geländepunkten! Phantasie! Phantasie! Wo würden Sie sich aufhalten, wenn Sie der Feind wären? Mitten auf der Weide?
Nein, vielleicht unter der Brücke.
Gut, jawohl. Das heißt dann wie?
Unter der Brücke feindlicher Vorposten.
Gut – Weiter, weiter! Der hat doch Kameraden, wo sind die?
Ich weiß nicht.
Noch nie mit Bleisoldaten gespielt? Wer sieht die anderen? Bartels, stellen Sie MG-Schützen auf.
Zwischen den beiden Weiden feindliches MG-Nest.
Jawohl, jawohl, und diese MG-Schützen bieten Feuerschutz für wen? Na, Mann! Sie bieten Feuerschutz für die Schützen. Es müssen mehrere sein, wo halten die sich auf? Die lauern da vorn in dem kleinen Buschwald und

werden sprungaufmarschmarsch auf uns zulaufen, während das MG Dauerfeuer gibt, nein, die Schützen laufen nicht ohne stärkeren Feuerschutz, stärkerer Feuerschutz kommt von sechs Schützenpanzern, die sind getarnt links in der Waldspitze, und wo, wo können sich Kampfpanzer aufhalten . . . Heimann!
Hinter dem Hügel.
Jawohl, hinter dem Hügel. Die fahren auf und nehmen Direktbeschuß auf. Also beschreiben Sie!
Hinter dem Hügel halblinks mehrere feindliche Kampfpanzer.
Was machen Sie, hopphopp, Bentin! Einer aus der Nachbarstube.
Die fahren auf uns zu.
Es heißt: In Fahrtrichtung auf die eigenen Reihen. Wie viele sind es?
In Fahrtrichtung auf die eigenen Reihen – zehn feindliche Kampfpanzer.
Tempo?
Tempo etwa 60 Stundenkilometer.
Fahren die über die Brücke, Bednarz?
Ich denke, ja, jawohl.
Schlafmütze!
Alle lachten.
Was wiegt ein Panzer – Heimann?
Etwa 5 Tonnen.
Wer weiß es?
Müller. Der T 54 wiegt 36 Tonnen, Bordkanone 100 Millimeter. Der T 55 wiegt 50 Tonnen, Kanone 122 Millimeter.
Gut, Müller. So, Bednarz, wie überqueren die den Bach?
Die Pioniere haben eine Holzbrücke geschlagen.
Wieder wird gelacht.
Nun, denken Sie doch mal nach! Denken Sie an die Ket-

ten, der Panzer hat eine Lafette! Der geht wie eine Raupe durch die Landschaft. Also?
Bednarz quälte sich.
Die Panzer fahren vielleicht durch den Fluß!
Na endlich!
Kubik schwitzte, von seinen Lippen tropfte Speichel. So, meine Herren. Wir waren bei den Panzern. Die sind aber noch weit weg. Was kann hier vorn vor unseren Augen sich abspielen, vielleicht eine halbe Stunde später, in einer ganz anderen Feindlage? – Sehen Sie sich die Landschaft an. Und zwar genau. Jeden Hügel, jedes Gebüsch – das planmäßige Absuchen des Beobachtungsraumes geschieht in folgender Weise: *Links im Vordergrund beginnen, nach rechts in die Tiefe beobachten und den Blick wieder nach links wandern lassen.* Also in Schlangenlinien von vorn nach hinten. *An Stellen, die dem Feind für die Annäherung Deckung bieten, insbesondere zum Sichern, oder als Stellung für Beobachter und Waffen geeignet sind, Augenbewegung unterbrechen. Dabei darf der Gesamtüberblick nicht verloren gehen.*
Kubik schien das „Handbuch für den Soldaten“ auswendig zu können.
Ich nenne Ihnen mal die Punkte, wo genauer hingesehen werden sollte. Hier vorn halblinks 15 die Waldspitze, halbrechts 20 der Heuschober. In der Mitte 25 der kleine Haselnußstrauch. – Meine Herren, Sie kennen jetzt die Landschaft, wissen wo der Feind steht: was kann noch passieren?
Heimann meldete sich. Wir sind Matsch, weil die Panzer sich über unseren Schützenlöchern drehen.
Nana! Ihr kennt die Panzerfaust noch nicht. Also in dreißig Metern Entfernung haben sich erst mal einige feindliche Schützen eingegraben und setzen Handflammpatronen gegen uns ein. Wir werden geblendet. Können

verbrannt werden. Was kann uns noch passieren? Kubiks Gesicht glühte.
Einer von Stube zwölf sagte: ein feindlicher Spähtrupp ist hinter unserer Linie.
Jawohl, was noch?
Scheck wagte sich vor. Tiefflieger, glaube ich.
Jawohl, Scheck, Sie glauben richtig: Tiefflieger.
Wie melden wir sie? Bartels!
Tiefflieger schießen aus der Sonne auf uns zu. Bartels guckte unsicher in die Sonne, die im Südwesten stand. Unwillkürlich guckten die anderen auch.
Wohl'n Roman gelesen, was?
Müller, melden Sie!
Ein Schwarm feindlicher Jabos greift aus 40 an, Flughöhe Baumwipfel.
Müller, Sie haben sich mit der Sache beschäftigt?
Eddie grinste.
Vorbildlich. Und nun erklären Sie noch, was das heißt, vierzig?
Das ist die Kompaßzahl.
Ein Schwarm?
Verbandsflug von vier Maschinen.
Baumwipfelhöhe?
Man sieht sie erst im letzten Moment. Sind ja Tiefflieger. Bleiben im Radarschatten.
Richtig, gut, Müller, ausgezeichnet.
So, erstmal Waffenstillstand, meine Herren! Kubik wischte sich das Gesicht mit dem Taschentuch. Und nun Zielansprache. Hier ist das DF 8×30, ein Doppelfernrohr. Im rechten Blickfeld haben wir eine Einteilung von 40 Strich links und 40 Strich rechts vom Nullpunkt. Ein Beispiel: Halbrechts 700 Waldecke – 30 Strich links unter der Brücke feindlicher Beobachter.
Das Glas wanderte von Auge zu Auge.
Bald war die ganze Landschaft durch Geländetaufe, Ge-

ländebeschreibung, Geländeskizzen und Stricheinteilungen erfaßt.
Wieder Kubik: Wir ziehen Ihnen hier eine neue Optik ein. Sie lernen hinsehen, eine Fähigkeit, die Ihnen mal das Leben retten kann. Das Auge des Soldaten kann innerhalb kurzer Zeit geschult werden. Sie kommen hierher, sehen nur Wiese, Bach, Kirchtum, Wald. Als ob das alles wäre. Nehmen wir mal an, in einem bestimmten Geländeabschnitt befinden sich dreißig Panzer. Im ersten Ausbildungsmonat als Rekrut sehen Sie nichts, absolut nichts. Der Beobachter einer erfahrenen Panzeraufklärer-Einheit wird zumindest zwei Dutzend sowjetische Panzer erkennen.
Als Sperber aus dem Staunen heraus war, fiel ihm auf, daß Kubik ihn den ganzen Nachmittag nicht drangenommen hatte.

8.

Susanne hatte vorgeschlagen, wenn das Wetter weiter so schön bliebe, am Samstag einfach mal rauszufahren. An den Deich.   Es war Sperbers fünftes Wochenende. Die Grundausbildung würde noch sechs, sieben Wochen dauern.   Von der Endstation der Vorortbahn noch drei Haltestellen mit dem Sechsundsiebziger.
Sie war dann aber einfach mit dem Fahrrad gekommen.
Wie siehst du denn aus! rief sie, als er auf sie zuging. Ganz verknittert!
Er war für eine Antwort nicht aufgelegt.
Ich nehme dich hinten drauf, ja?
Wir fahren Bus, dachte ich.
Ach komm, sei kein Spielverderber.
Okay, aber *ich* fahre und nehme *dich* drauf.
Wenn's sein muß. Es sind nur zwei Kilometer. Hier einfach immer geradeaus.
Sperber stieg gleich voll ins Pedal. Sie fuhren mit dem Wind, und zum Fluß ging es leicht bergab. Dann wurde

die Straße wellig. Das Rad holperte. Wir haben Zeit, rief sie. Hetz doch nicht so!
Ich bin ganz ruhig, rief er ärgerlich.
Sie hielt sich an ihm fest. Tat einfach, als sei sie nie abgehauen. Als wären sie die letzten zwei Jahre nicht getrennt gewesen.
Er lehnte das Fahrrad gegen den Deich. Susanne war schon abgesprungen und stapfte zur Deichkrone hoch. Wie ein Bergsteiger sorgsam einen Fuß vor den anderen setzend, folgte er. Setzte sich neben sie, einen Schritt entfernt.
Eine Sicht von dreißig, vierzig Kilometern. Der Wind hatte hier staubgewischt. Vorn eine Schafherde, dann ein Quast Schilf neben dem andern, altes helles und junges grünes, dann der satte Strom, sehr protzig, Himmel verdoppelt, bleich und glatt. Die Strömung drückte die Fahrwassertonnen schräg. Zwei Schleppzüge, einer gegenan, der andere getrieben. Wie auf einem Schiebetheater schmierten die aneinander vorbei. Dahinter wieder Deich, eine Kette von Katengiebeln und das dünne Geglitzer von Entwässerungsgräben. Ganz hinten die Zitterlinie vom Wald.
Weder Schornsteine noch Plastiktüten.
Auch keine Panzer.
Sitzenbleiben und gucken, bis die Landschaft verschwimmt.
Auf den Ellenbogen gekippt langsam ruhiger werden. Jetzt wirklich nichts vorhaben.
Du lächelst so komisch, sagte Susanne. Es ist schlimm bei euch, nicht?
Auch irgendwie lustig.
Wirklich? Immer alles auf Befehl zu machen?
Wie im Zirkus manchmal, ganz komisch. Wie in Trance. Ohne große Gedanken. Nur Gedankelchen.
Ich kann es mir überhaupt nicht vorstellen. Was treibt ihr da so?

Gleichgültig, ob es sie nun wirklich interessierte oder nicht, hierüber konnte er Auskunft geben.
Männchen bauen. Liegestütze. Blockrunden drehen. Zackig grüßen. Links-um, Rechts-um. Auf Vordermann achten, Tuchfühlung halten. Sprung auf – Marsch. In Marschordnung antreten. Nach hinten wegtreten. Abteilung kehrt. Seid ihr noch nicht da! Zweiter Mann linken Fuß vor, dritter rechten Fuß zurück. Stehn. Augen geradeaus! Zur Meldung an Herrn Hauptmann – die Augen links!
Das ist ja furchtbar.
Ich kenne Nürnberger Mundartwitze, weiß, was ein Hamburger in Duisburg kostet und möchte jetzt auch eine Fleischmann Eisenbahn haben, Spur 00. Nächste Woche, kann ich einen ganzen Satz früher Mauritius-Fälschungen und die ersten Deutsch-Südwest-Marken bekommen.
Sperber hatte sich in Fahrt geredet plötzlich: Den ganzen Tag läuft die Blödelplatte. Besonders lustig ist es, wenn man über einen Stubenkameraden lachen kann. Aber kräftig. Längere Gespräche finden nicht statt. Die meisten Sätze bleiben einfach so im Raum stehen. Man hat die eigene, umständliche Sprache aus dem Verkehr gezogen. Eigene Worte sind so anstrengend.
Und sonst?
Und sonst? Ich könnte dir ne Story erzählen von einem Rekruten, der sich von seiner Kaserne nicht trennen kann. Nicht mal am freien Wochenende will er auf sie verzichten.
Wenn sie von dir handelt, erzähl.
Es ist Sonntag. Der verrückte Typ tippelt immer schön am Stacheldraht entlang. Wie ein Kriegsgefangener, und dabei könnte er auf der anderen Seite spazierengehen, er hat den Urlaubsschein in der Hosentasche. Könnte sich drüben nach schönen Frauen umsehen. Aber wonach sieht er sich um? Nach Armeelastwagen. Verläßt den

Weg, will zu den Fünftonnern. Die stehen unter dem Dach der Fahrbereitschaft. Geilt sich an den dicken Kupplungszapfen auf, klatscht auf die Backen der Motorhaube, rüttelt wie blöd an der Fahrertür und will rein. Da kommt ein Blauer mit Lametta auf der Schulter und sagt: Saboteur.

Klingt wie Kino. Sowas hast du tatsächlich erlebt?

Ich glaube, ja.

Sperber konnte es nicht anders sagen. Sollte er etwa im Wortlaut des Protokolls daherreden?

Geht die Geschichte noch weiter? fragte Susanne nach einer Weile.

Ein brandheißes Märchen ist das. Alles noch am Kochen. Man hat den Typ zweimal verhört. Jetzt wird die höchste Instanz entscheiden. – Er hatte sich aber auch schon vorher entsetzlich vorbeibenommen. Man wollte aus dem einfachen Soldat einen Vorgesetzten machen. Da hat er gesagt: erst mal abwarten. Und da sehen die natürlich jetzt einen Zusammenhang, irgendwie.

Man muß also abwarten. Kann nichts unternehmen?

Die Mühlen der Armee mahlen langsam und feinkörnig. Gar nicht gut, wenn man dazwischen gerät.

Kann man sich denn nicht beschweren?

Die höchste Instanz ist geheim. Nennt sich MAD, Militärischer Abschirmdienst. Der Beschwerdeweg ist eine Sackgasse.

Wieder verging eine Zeit. Auf dem Strom schob sich ein Tanker meerwärts, riesige schwarze Mauer, verdeckte die andere Seite. Davor ganz winzig ein Segelboot. Man sah nur die Spitze des weißen Dreiecks zwischen Ufergebüsch und Tankerwand.

Hast du nicht ein Maßband für mich? Sperber setzte sich auf.

Ein Maßband?

Um die Tage abzuschneiden.

Sie begriff nicht. Tage abschneiden?
Ja, das Maßband ist so ein Kalenderersatz. Jeder Zentimeter ein Tag. Rekrutenbrauch.
Susanne rückte zu Sperber heran, legte ihm den Arm auf die Schulter. Vielleicht kann ich dir die Zeit ein bißchen verkürzen, die dir noch bevorsteht. Du mußt einfach mehr erzählen. Er lehnte sich an.

Sie mußte noch abends zum Briefkasten gelaufen sein. Schon Montag wurde Sperber beim Postempfang aufgerufen. Susanne hatte zwei Zweimeter-Bänder und eine kleine Nagelschere in eine wattierte Tüte gesteckt. Kein Wort sonst. Jedes siebte Feld hatte sie rot angemalt. Bis zum nächsten waren es noch sechs Zentimeter. Er hängte das Maßband gleich in die Spindtür.
Es ging ihm in dieser Woche besser. Er fühlte sich klarer im Kopf.
Durch das alberne Abschneiden der Tage stellte sich wieder ein Zeitgefühl ein. Er wurde sich bewußt, welcher Wochentag war, und daß er bis zum Ende der Grundausbildung noch fünf Wochen würde durchhalten müssen. Aber er fühlte sich anders.
Die Veränderung hatte gleich Montagmorgen begonnen: Sperber! hatte Wolf gerufen, es war Ausrichten befohlen, da bleiben die Augen rechts. Sie werden Gelegenheit erhalten, Ihre Konzentrationsfähigkeit zurückzugewinnen: Fünf Tage Ausgangsverbot! Der Spieß wird es Ihnen nachher bescheinigen.
Von dem Erfolg dieser erzieherischen Maßnahme, Herr Leutnant, bin ich voll überzeugt.
Sperber spürte ein hämisches Grinsen in seinem Gesicht. Er wollte es zurücknehmen. Aber es saß da wie ein Krake.
Dieses Grinsen kam wieder über sein Gesicht, sobald

er einen neuen Tag abgeschnitten hatte und in den Spindspiegel sah.
Auch wenn sein Aufbegehren von einer Sanktion ausgelöst worden war, für Sperber war es ein Erfolg. Es brachte ihn dazu, eine neue Waffe zu erproben: Sich mit Sprache wehren. Mit Ironie kontern. Sich schlagen, ohne Angriffsfläche zu bieten. Genau das hatten sie ihm doch in den letzten Wochen beizubringen versucht! Disziplinarisch war dagegen wenig zu machen. Ihm fiel Bartels ein. Der schien das längst begriffen zu haben. Hatte so Sprüche drauf: Der Ton macht die Musik. Der gute Ton in jeder Lebenslage. Das Jawoll zum Beispiel: es konnte sehr verschieden betont werden. Konnte heißen: Selbstverständlich gern. Oder: Na gut, wenn Sie unbedingt meinen. Oder: Das ist nun wirklich das Letzte. Oder: Du kannst mich am Arsch lecken.
Wörter und Wortbetonungen waren die schärfsten unter den geduldeten Waffen. Manchmal wirkte schon ein Lächeln wie ein Geschoß.
Es gab nicht immer konkrete Anlässe. Oft führte er solche Anlässe einfach herbei, wenn ihn irgend etwas kitzelte. Allerdings durfte er es nicht übertreiben.
Er schien wieder eigenen Tritt zu fassen. In jedem Fall tat es gut zu wissen, daß jetzt draußen jemand war.

An einem dieser Abende mit Ausgangsverbot saß Sperber in der Kantine, allein an einem Tisch. Auf den meisten Nachbartischen waren die Flaschen schon in Dreierreihen angetreten. „Lola" wurde gegröhlt, das „Panzerlied", und dazwischen Discosound aus der Musikbox. Ausgangsverbot erschien ihm jetzt wirklich als Strafe. Wie konnte man sich freiwillig diesem Stumpfsinn in der Kantine unterziehen? Er trank zwei, drei Gläser Bier. Am Nachbartisch erhob sich jemand und machte ihm ein Zeichen. Es war Mollog.

Er ging hinüber. Was ist?
Sag mal, bist du Aktiver?
Wie meinst du das?
Politisch. Warst du mal inner K-Gruppe oder so?
Nein, nie.
In deiner Akte ist ein Vermerk vom S 2. Du hast mal eine Demonstration mitgemacht. Von der Fachhochschule, stimmt's?
Sperber dachte nach. Ja, da war mal eine. – Weiß nicht mehr wogegen. Aber wieso wissen die das hier?
Mollog flüsterte: War ein Zufall, daß ich reinsehen konnte. Halt die Klappe.
Und was hat das zu bedeuten? wollte Sperber wissen.
Viel wird man hier nicht erfahren. Kann sein, daß dein Fall ne reine Aktensache bleibt. Sag mal, ist dir denn wirklich nichts Besseres eingefallen aufn Sonntag? Wär vielleicht gar nicht so dramatisch, aber – – also, es sah schon nicht gut aus, daß du die Offizierslaufbahn abgelehnt hast. Jetzt kriegt alles einen anderen Dreh. Ich persönlich habe da gar keine Meinung. Du bist mir sympatisch, das ist alles. Gute Nacht.
Gute Nacht, danke dir.
Wenn kein Panzer im Gelände ist, dachte Sperber, findet man durch trainiertes Hinsehen bestimmt einen.

Frühsport am nächsten Morgen. Während ihm in letzter Zeit oft so gewesen war, als enthielte sein Kopf statt klarer Gedanken nur eine bleierne Soße, spürte er jetzt wieder, daß sein Körper leichter und geschmeidiger geworden war. Kräftiger. Seine angewinkelten federnden Arme schossen vor und knickten Tannenzweige beiseite. Der Nadelfilz des Bodens vibrierte unter den Sohlen und massierte angenehm die Füße. Als dann im Intervalltraining das Tempo anzog, er sich auf Atemtechnik und Beinarbeit konzentrierte, konnte er seinem Körper ge-

wissermaßen zusehen. Wie gefettete Pleuelstangen stießen die Beine aus ihm heraus, die Füße hafteten für den Bruchteil einer Sekunde am Boden, um sich rasch wieder zum Körper zurückzuziehen und wieder zuzustoßen. Der Boden verschwamm unter ihnen, Büsche und Äste zischten nach hinten weg.
Die neue Wachheit übertrug sich auch auf andere Tageszeiten und Zustände. Der Kanonier Sperber sah nicht nur einen Jeep fahren, sondern sah, daß Kanonier Sperber den Jeep sah. Wenn er das Gewehr ergriff, war das mehr als ein bloß mechanisches Fassen: er wurde mit Augen, Ohren und Tastsinn Zeuge, wie sich seine Hand um den Schaft schloß. Oder, den Finger am Abzugshahn, sah er, wie sein Finger sich krümmte.

Abends nach Dienstschluß.
Sperber lag im Sportzeug auf dem Bett und las. Eddie kam herein, Schiffchen durch die Schulterklappe gesteckt. Er schloß den Spind auf, zog die Klappe vom Eßfach herunter. Einhändig knöpfte er die Beintasche auf.
Sperber legte die Zeitung beiseite.
Schon wieder da? Ist doch erst acht.
Ja.
Eddie kehrte häufig erst kurz vor Zapfenstreich, nicht selten angetrunken, aus der Kantine zurück.
Sag mal, was hast Du denn da, im Eßfach?
Siehst Du doch, Gläser.
Eddie zog ein weiteres Glas aus der Tasche und stellte es neben die anderen. Alles Halblitergläser.
Freitag sind die weg.
Willst Du feiern? – Ja. – Eddie hatte die Klappe wieder hochgedrückt, prüfte, ob der Schnappverschluß hielt. Du bist eingeladen.

Er ließ die Klappe nochmal herunter. Wir könnten auch ne Vorfeier starten.
Wo?
Zieh Schuhe an. Eddie hatte eine Plastiktüte aus dem Sockenfach gezerrt. So, jetzt schön weich alles. Er rollte zwei Sockenpaare auseinander und steckte vier Gläser hinein. Dazu eine Taschenlampe. Das scheppert nicht so.
Er zog schnell das Arbeitszeug aus und das Sportzeug an. Sperber guckte ungläubig.
Nun komm, sag ich. Ist bald Zapfenstreich.
Sperber zog die Sportschuhe an. War das ein Witz? Immerhin besser, als auf Stube elf oder in der Kantine zu hocken.
Es war schon fast dunkel. Eddie führte ihn an den Müllbehältern, an der Fahrzeugstaffel vorbei, sie bogen hinter der Sporthalle ein, gingen ein Stück auf der Aschenbahn. Dort war niemand sonst. Weit genug vom Unterkunftsbereich entfernt. Eddie stieg über einen niedrigen Zaun, durch die Büsche, bückte sich. Sperber machte es ihm nach. Hatte Eddie Bier beiseite geschafft? Besonderen Durst hatte Sperber nicht. Aber es schien ihm, als müßte er Eddie einen Gefallen tun.
Das Geländestück war verwildert. Überwachsene Erdhaufen und Kuhlen erschwerten das Vordringen. Vor längerer Zeit mußte hier gegraben worden sein. In der Dunkelheit war der Boden kaum noch zu erkennen. Eddie leuchtete mit der Taschenlampe. Dahinten ist der Streifenweg, flüsterte er. Hier wagen die sich nicht rein, hab ich spurenmäßig gecheckt. Bleib dran. Er knipste wieder aus. Kannte jetzt offenbar den Weg. Nach ein paar Metern kamen sie an eine freie Fläche. Sah aus wie der Grundriß eines Hauses. Sperber ließ sich auf einen Stein nieder. Allerhand Arbeit für einen Schluck Bier, fand er.

Eddie kroch auf allen Vieren und suchte den Erdboden ab.
Vielleicht doch was Schärferes.
Eddies Arm zuckte plötzlich hoch. Das machst Du nicht nochmal, zischte er. Das macht zehn Tage Bau.
Sperber erschrak. War da jemand? Eddie kam zurück. Er hielt etwas in der Hand: Das Mistvieh hat Hunger.
Sperber erkannte ein Bierglas. Eddie leuchtete mit der Taschenlampe. Im Bierglas zappelte eine Maus. Er zog eine durchlöcherte Konservendose aus dem Gebüsch, ließ die Maus geschickt aus dem Glas hinüberrutschen und preßte die Dosenöffnung auf die Erde. Er schlug die Dose mit dem Absatz ein Stück in den Boden hinein. Feldmäuse, sag ich Dir, hunderttausende. Die beißen wie Katzen. Komm, die nächste.
Sie krochen zwei Meter weiter.
Siehst Du das Loch hier? Ist ein Ausgang. Von denen hab ich zweiundzwanzig aktive gefunden. Aber erst acht Ausgänge sind unter Kontrolle.
Fallen?
Genau. Paß auf. Direkt vor dem Loch hier hab ich ein Glas eingebuddelt. Gras drüber. Falle fertig.
Er steckte die Taschenlampe zwischen die Zähne und hob das Gras ab. Im Glas zappelte es.
Nummero zwo. Läuft gut an.
Hast Du schon mehr gefangen?
Zwei. Die haben sich losgebissen.
Waren die angepflockt?
Eddie nickte. So, die Kleine kriegt erst mal einen Verband. Er langte in die Hosentasche. Reiß mal was ab für die Bauchbinde.
Blauer Klebefilm. Sperber riß ein Stück ab.
Eddie hatte das Glas aus dem Boden gezogen und mit der Hand abgedeckt. Mit Daumen und Zeigefinger formte er ein kleines kreisförmiges Loch. Da will sie jetzt durch, die

Sau. Er legte das Glas waagrecht. Die Maus saß eine Weile reglos. Dann kroch sie an die Hand und schnupperte. Er griff in die Brusttasche und hielt ein Stück Käse vor die Öffnung. Die Maus kroch in das Loch zwischen Daumen und Zeigefinger. Und schon saß sie fest. Mit der freien Hand faßte Eddie sie vorsichtig am Genick und ließ sie herabhängen.

Los, die Bauchbinde.

Sperber wußte nicht recht, ob er die Maus anfassen sollte. Und wo?

Mann, die erstickt gleich. Mach zu.

Sperber faßte den kleinen Körper an den Hinterbeinen. Aber die zappelte sich wieder frei. Wie fest darf man da zugreifen? Er faßte um den Bauch. Ein warmes, zitterndes Beutelchen. Warme Flüssigkeit lief in seine Hand.

Die hat Muffe, sagte Eddie.

Die Maus quiekte. Jetzt hatte Sperber die Beine fester im Griff. Er legte ihr den Klebestreifen an.

Laß sie einatmen, befahl Eddie. Sperber gehorchte und drückte ihr die blaue Binde aufs Fell. Eddie lief ins Dunkle und kam mit einem Stück Klingelkabel zurück. Das eine Ende schob er unter die Bauchbinde, verknotete es und ließ das Tier baumeln.

Komm, jetzt lassen wir sie wieder frei. Er führte Sperber in ein Gebüsch zu einer alten Dieselöltonne und seilte die Maus am Klingelkabel durch die Öffnung ins Innere ab.

Da unten kann sie sich freibeißen, sagte Eddie. Sorgfältig wickelte er das Kabel um den Einfüllrand. Die andere bleibt heut nacht in der Zelle. Er stellte die Plastiktüte mit den Gläsern in ein Versteck und sah auf die Uhr. Wird Zeit, sagte er.

Kann man nicht auch Bierdosen nehmen, fragte Sperber nach ein paar Schritten.

Die sind zu kurz und nicht rutschig genug.

Oder ganz normale Mausefallen?
Eddie guckte Sperber verständnislos an: Lebendig will ich die.

9.

Unterricht über das Verhalten des Beobachters im Gefecht. Der Unterricht wurde von Leutnant Wolf abgehalten. Er ließ einen Farbtonfilm laufen. Ergänzte den Text an einigen Stellen.
Der Beobachter meidet den Kampf. Für ihn gilt: Sehen, ohne gesehen zu werden. Wer gesehen wird, ist erledigt. Tarnen mußt du dich, täuschen mußt du deinen Gegner. Und du mußt deine Sinne schärfen. Vor allem deine Augen und deine Ohren. Alle deine Organe dienen zuerst der aufklärenden Beobachtung des Feindes, sodann der Selbsterhaltung. Leichtsinn schadet dir und deinen Kameraden.
Wo du Verdacht schöpfst, da sieh genau hin. Wenn du ihn erkennst, merke dir: (Jetzt erschien ein Schrifttitel auf der Leinwand) WO? WANN? WIE STARK? WIE BEWAFFNET? IN WELCHE RICHTUNG SICH BEWEGEND? (Zwischen jedem Stichwort ein Bildsymbol).
Vergewissere dich. Präge dir sämtliche Daten gut ein. Lerne sie auswendig für den Fall, daß deine schriftliche Meldung verloren geht.
Diese Meldung fasse exakt, zügig und ohne persönliche Färbung ab (auf der Leinwand das vorgedruckte Formular eines Meldezettels). Der Empfänger muß sich in seiner anderen Position sofort ein Bild machen können. Und immer wieder: SEHEN, OHNE GESEHEN ZU WERDEN! (Schrifttitel)
Eröffne das Feuer nur auf Befehl oder bei unmittelbarer Bedrohung. Ergib dich nur, wenn die Verteidigung aus-

sichtslos ist. (Ein Soldat mit Gewehr im Anschlag. Feuert auf einen sich bewegenden Zweig.) Es kann bei Flucht vor dem Feind richtig sein, nicht zur Truppe zurückzulaufen, um diese nicht durch die Spur zu verraten. Bei drohender Gefangennahme sämtliche Unterlagen, die Aufschluß über die Stärke, die Position und die Absicht der eigenen Truppe geben könnten, vernichten. (Der Soldat zerreißt einen Meldezettel und verschlingt ihn.)
Nach siegreicher Beendigung der Kampfhandlungen und im besetzten Gebiet muß jeder Soldat Beobachter sein. Beim Durchkämmen des zugeteilten Bewachungsraumes niemals allein gehen! Mißtrauen gegen alle Zivilpersonen ist oberstes Gebot. In jedem Zivilen steckt ein Partisan, und wer nicht für uns ist, ist gegen uns. (Der Soldat mit anderen Soldaten, MP in Pirschhaltung, durch ein menschenleeres Dorf.)
Mißtraue den Freundlichen. Untersuche auch Frauen und Kinder. Halte die Waffe schußbereit. Hinterhalt ist die Kampfesweise des Feindes im besetzten Gebiet. Personen des Gegners, mit denen die eigene Truppe zusammenarbeitet, sind vom Sicherheitsoffizier überprüft worden und unterliegen besonderer regelmäßiger Aufsicht.
Auch für die Besatzungstruppe gilt, was bei direkten Kampfhandlungen gefordert ist: Beobachtende Kriegsführung, Fahndung mit Augen, Nasen und Ohren.
Sich für umschlagende Witterung wappnen. Auch aus dem unscheinbarsten Fenster kann der Vernichtungsschuß kommen. Lausche auf den Geräuschpegel der Natur und der Zivilpersonen, auf den Wechsel der Atmosphäre. Wenn lange Zeit nichts geschehen ist, wird besondere Aufmerksamkeit angezeigt sein. Auffällig ist immer die Stille; sie geht meist dem Anschlag voran. Der Feind greift sowohl im offenen wie auch im verdeckten Kampf gern im Schutz der Nacht und des Regens an.

(Die Kamera fährt über Baumwipfel und windgepeitsch-tes Gras, beobachtet tieffliegende Schwalben.)
Er wird Ablenkungs- und Täuschungsmanöver veranstalten. Sogar ein Volksfest kann zur Hölle werden. Beobachte auch die Gangart der Menschen, ihre alltäglichen Geschäfte, prüfe, ob die Normalität nicht vielleicht gespielt ist.
(Jahrmarkttreiben.)
Im übrigen an der Katze ein Beispiel nehmen. Mit spitzem Ohr lauschen, punktscharf beobachten, regungslos verharren und alle Kraft für den Anschlag versammeln. Dann folgt unverhofft und überlegen der Prankenschlag der Vernichtung.
(Überblendung zu einem Leopard-Panzer, der aus einer Bodensenke auftaucht.)
Lernen auch von der Geschmeidigkeit der Katze, ihrer Kunst, das Gelände zu nutzen, witternd gegen den Wind anzuschleichen.
(BEOBACHTEN – MELDEN – NICHT AUFFALLEN!)
Das Saallicht ging an. Der erste spannende Unterrichtsfilm. Nur wenige hatten geschlafen.
Aus dem 4. Zug stand jemand auf und fragte: Wo ist der Film gedreht worden? Den Jahrmarkt kenne ich.
Wolf wußte es nicht.
Scheißfilm, rief einer in der Reihe hinter ihm.
Wer war das?
Ich. Kanonier Bassemer, zweiter Zug.
Ach ja, Bassemer.
Der war aufgestanden. Ein gefährlicher Film ist das.
Können Sie das begründen, Bassemer?
Hier wird jeder verdächtigt. Dieses In-der-Gegend-Herum-Spionieren, das überträgt sich doch auf unser ganzes Verhalten! In meinen Augen ein raffiniert gemachter Streifen für den Schnüffelstaat.

Protest auf allen Bänken.
Bassemer, Sie stehen auf einsamem Posten. Sie sollten sich qualifizierter und verständlicher ausdrücken. Und etwas beherrschter. So werden Sie niemand von Ihrer politischen Ausrichtung und von Ihrem Arbeitskreis sogenannter demokratischer Soldaten überzeugen. Sie haben hier einen reinen sachbezogenen Unterrichtsfilm gesehen, wie er in jeder Armee der Welt gezeigt werden könnte.
Bassemer sagte nichts mehr. Sperber fand ihn trotzdem mutig. Er war Sprecher der „Demokratischen Soldaten“.
Auf der Stube wurde über Bassemer geredet. Er sei nicht sehr überzeugend gewesen, sagte Bednarz. Für ihn, meinte Sperber, sei Leutnant Wolf dagegen nicht sehr überzeugend gewesen.
Du gibst also Bassemer recht? Bednarz wippte mit dem Stuhl und klatschte mit der Zeitung auf den Tisch.
Habe ich gesagt, daß ich seine Ansichten teile? fragte Sperber. Ich fand ihn mutig, weil er auf einsamem Posten stand. Da konnte überhaupt keine faire Auseinandersetzung entstehen. Gegen so einen reißerischen Film mit Worten anzugehen, ist sowieso aussichtslos. Man hätte vielleicht einen Gegenfilm zeigen müssen.
Ich glaube, Bednarz, du fandest Bassemer *unkultiviert*: er hätte es *netter* sagen sollen, säuselte Bartels.
Eddie kämmte sich vor dem Spindspiegel. Bassemer ist zwar Abitur und das alles, aber Mumm hat der. Der steht. Echter Gegner, muß ich sagen.
Ist doch ein Politischer, sagte Heimann. Der handelt nicht aus persönlicher Überzeugung, sondern im Auftrag. Der hat doch einen ganzen Verein im Rücken.
Wolf doch auch, sagte Eddie.
Woher hatte Heimann bloß diese Sicherheit, diese Über-

legenheit. Bevor der seinen Mund aufmachte, gaben die meisten ihm schon recht. Einer wie Bassemer dagegen redete sich wund. Es kam Sperber plötzlich so vor, als hätte Heimann einen ganzen Appellplatz von dicken BMWs hinter sich.

Einer der letzten Maitage, der schon die geballte Ladung eines ganzen Sommers enthielt. Ein Renault 4 stoppte vor dem Kasernentor. Sperber sah die Sonne der Atomkraftgegner auf dem Auto. Ob ihn jetzt jemand beobachtete? Kennzeichen notierte?
Susanne öffnete. Steig ein. Sie wirkte sehr aufgekratzt. Wirf die Jacke nach hinten. Fahren wir? Sie war schon im vierten Gang.
Landstraße. Sie fuhr sehr sicher. Manchmal einhändig, dann zeigte sie auf eine Katze oder auf trabende Pferde mit wehenden Mähnen, sagte aber nichts. Sie verlangsamte, um ein Segelflugzeug zu beobachten. Sie beugten die Köpfe unter den Rand der Windschutzscheibe, um es zu verfolgen. Dann gab sie wieder Gas. Wenn sie einen neuen Gang einlegte, achtete er auf das Spiel ihrer Knie, die den Saum des Rockes millimeterweise auf- und abschoben. Er sah hin, ohne den Kopf zu wenden, nur aus den Augenwinkeln. Sie nahm sich also heraus, ihre Beine für die Bedienungsmechanik des Autos ohne jede Rücksicht zu verwenden. Eigenmächtig sinnlich, fand er.
Wenn Ulf sein Auto nicht brauchte, fing Susanne an, fuhr ich manchmal nach Ostia oder in die Albaner Berge. Ziemlich langsam und immer auf der rechten Spur. Das waren so meine Nachdenkfahrten. Bei einer dieser Fahrten faßte ich den Entschluß, Ulf zu verlassen.
Und warum?
Susanne gab keine Antwort. Sie blickte in den Rückspie-

gel, drückte den Blinker, gab Vollgas, überholte. Als das Manöver abgeschlossen war, sagte sie: Ich stellte fest, daß ich überhaupt nicht wußte, wer ich war. Immer nur auf Ulf fixiert und auf das Bild, das er von mir hatte. Zuerst hat es mir verdammt geschmeichelt, daß so ein Typ wie er mich so gut fand. Dann muß ja an mir was dran sein, dachte ich. Bis ich kapierte, daß es sich nur um eine Art Götzenverehrung handelte. Mit mir hatte das wenig zu tun. Als ich versuchte, ihm das klarzumachen, blockte er ab. Auf meine Versuche, selbständig irgend etwas zu machen, reagierte er entweder sauer, oder er machte sich darüber lustig. Eigene Schwächen konnte er schon gar nicht zugeben. Es war klar, daß wir eigentlich nur im Bett noch manchmal zusammen waren.

Und da kam dann diese sogenannte Wohngemeinschaft?

Ja, da fing eine ganz neue Phase an.

Phase nennst du das. Bin gespannt, in welcher Phase du dich gerade jetzt befindest.

Susanne lachte. Wenn sie konzentriert in den Rückspiegel sah oder auf den Tachometer, oder wenn sie prüfte, ob die Handbremse gelockert war, dann spürte er deutlich, daß er nur Mitfahrer war. Mit jeder Handbewegung, jeder Kopfbewegung zeigte sie, daß sie alles lenkte und er ins Auto geladen war, um ihr die Demonstration dieser Herrschaft zu ermöglichen. Er wollte ihr den Vorrang nicht streitig machen. Aber es lähmte ihn doch. Wenn er sich, um zu entspannen, nach hinten legte und die Beine ausstreckte, war es eher ein Verkrampfen. Susanne schaltete das Radio ein und konzentrierte sich auf die Verkehrslage. Vor ihnen auf der Autobahn zum Meer hatte sich ein Unfall ereignet, eine bestimmte Umleitung wurde empfohlen. Sie bog ab und nach ein paar Ortsdurchfahrten wieder zurück auf die Autobahn.

Sie erreichten die Küste. Susanne hielt, hob ihren Pro-

viantkorb aus dem Kofferraum, schlug die Haube zu und überprüfte alle Türschlösser des Wagens. Sperber erkundigte sich, wem das Auto gehöre.
Einer aus meinem Semester hat es mir geliehen.
Du hast dich ja offenbar schon wieder ganz gut eingelebt.
Sie zeigte auf den Strand. Wollen wir?
Er wagte nicht, ihr den Korb abzunehmen: sie hatte alles so gut in der Hand.
Sie liefen ein Stück den überfüllten Strand entlang. Susanne hatte ihre Sandalen ausgezogen. Er lief in Schuhen weiter. An einer weniger besiedelten Stelle mit grobkörnigem, von Kieselsteinen durchsetzten Sand legte sie ab. Sie setzten sich. Susanne lehnte sich zurück und sah in den Himmel. Er blieb hocken und starrte auf das Meer, das ihn nicht interessierte.
Kennst du ihn näher?
Wen?
Den Autobesitzer.
Ich weiß nicht, was das jetzt soll.
Er ärgerte sich, die Frage gestellt zu haben. Ich weiß es auch nicht, sagte er.
Wenn er jetzt wieder zum Meer hinsah, dann, weil es ihm Ruhe ließ, nichts von ihm verlangte.
Er mußte sich von diesen eifersüchtigen Gefühlen befreien, wenn der Tag noch gerettet werden sollte. Ihr Schweigen wurde langsam zu lang. Als er spürte, daß er wieder Überblick bekam, erhob er sich, krempelte die Hosen auf und ging ans Wasser. Das Meer ließ jetzt mit sich reden, legte ihm Tang und Algen und lackierte Kieselsteine vor die Füße. Es war insgesamt gut beschäftigt. Sperber löste einen kleinen Kiesel aus der Geschäftigkeit heraus und warf ihn zu Susanne hoch. Sie setzte sich auf, lächelte, stapfte zu ihm herunter.
Immer noch kamen keine brauchbaren Gedanken in ihm

auf, gesprächsfähige. Erst recht nicht, als sie sich dicht nebeneinander hinsetzten, dem Wasser zugewandt.
Als sie ihren Kopf an seinen Hals legte, nichts tat und sagte, gefiel sie ihm am besten. Aber das durfte er sich nicht eingestehen.
Kann man einen Lastwagen lieben? fragte sie.
Er brauchte eine Weile. Lieben? Ich weiß nicht. Mögen bestimmt.
Du hast ihm den Bauch gestreichelt, seine Stärke bewundert, sein aufregendes Aussehen, wolltest in ihn hineinkriechen, ihn am liebsten packen und mit ihm durchbrennen. Du wolltest ihn in Deine Gewalt kriegen.
Irgendwie ja, schon. Vielleicht ist es so gewesen. Sperber stocherte im Sand herum und fand einen kleinen Stein. Sein Arm wollte zum Weitwurf ansetzen. Oder fallen lassen? Er senkte den Arm.
Sie saß da im Schneidersitz, der Rock floß in den Sand hinein. Sie malte mit dem Finger in den Sand. Eine Schnecke, eine Brezel. Er warf den Stein steil hoch, fing ihn auf. Ganz sicher, fest in den gekrümmten Fingern. Es hatte in den Muskeln gefedert.
Plötzlich sah er sich selber sitzen: mit sehnigen, langmuskeligen Beinen, die knochigen Knie standen auseinander, die sehnigen Arme um die Knie geschlungen. Ein zackiges Kraftwerk, nur an drei Stellen Bodenkontakt.
Ich habe Ulf nie richtig geliebt, sagte sie plötzlich. Und nach einer Weile: Wenn man sich einem anderen unterwirft, kann man nicht lieben.
Er wußte, worauf sie anspielte. Wie war es denn damals zwischen ihnen gewesen? Darüber hatten sie nie gesprochen. Liebe war damals jedenfalls viel selbstverständlicher gewesen. Er schwieg.
Der Himmel bedeckte sich. Es wurde kühl. Sie gingen zum Auto zurück.

Wie sieht es denn inzwischen mit deinem Fall aus? fragte sie auf der Rückfahrt.
Er erzählte von Mollog und von dem Aktenbefund. Sie sagte, ohne den Blick von der Straße zu wenden, fast kühl: Wundert es dich?

Die Stubentür wurde aufgestoßen. Achtung! schrie Bartels. 4. Gruppe bei Vorbereitung zum Frühsport, Kanonier Scheck im Revier. Wolf trat ein.
Von den Gruppenführern höre ich, daß die Spindordnung zu wünschen übrig läßt. Spindtüren auf!
Die Woche fing ja gut an. Wolf ging von Spind zu Spind und besah sich die Fächer. Bei Sperber nahm er sich etwas mehr Zeit, ließ ihn die Hemden und Unterwäsche herausheben, ließ sich die Bücher zeigen.
Was liest man denn so in der dienstfreien Zeit? Josef Conrad, Jugend. Heinrich Mann, Der Untertan. Soso. Und Brecht natürlich. Wer was auf sich hält, liest Brecht.
Er gab Sperber die Bücher zurück. Was lesen Sie sonst noch? Er forderte Sperber auf, die Mütze herauszunehmen. Und was liegt da hinten? Wolf griff ins Mützenfach und holte ein Flugblatt hervor.
Haben Sie davon noch mehr?
Nein, Herr Leutnant.
Das können Sie beschwören?
Jawohl. Ich habe es auf der Toilette gefunden. Hat doch jeder da gesehen.
Was haben Sie damit vor? Wissen Sie nicht, daß Sie solche Funde zu melden haben?
Nein, Herr Leutnant.
Wolf ging an die Tür. Achtung brauchte nicht mehr gerufen zu werden.
Sperber hüpfte auf den Zehenspitzen und legte ein paar

Schlußsprünge ein, den letzten so hoch, daß es für einen Ausfall gegen die Stubentür reichte.
Was ist los? Eddie legte den Kopf schräg. Du kommst ja, Jockel, so langsam kommst du ja.
Jetzt hüpfte Sperber mit leichtem seitlichem Wippschritt auf Eddie zu. Boxte ihm auf den Armmuskel. Zweimal, dreimal, bis Eddie fester stand und in Position hüpfte. Eddie rollte den Oberkörper ein, deckte die Leber mit dem Ellenbogen, hielt Sperber die linke Hand offen hin. Sperber klatschte rein, zwei-, dreimal, Eddie begann zu tänzeln. Sperber folgte. Sie drehten sich im Ring. Eddies Linke zuckte täuschend vor, zog zurück in die Deckung. Sperber landete eine linke Gerade auf Eddies Brust, gab sich aber eine Blöße. Eddie nutzte sie, und dumpf schlug es gegen Sperbers Lunge, links, Herzgegend. Er japste nach Luft. Nun kontrollierte er erst mal die Deckung. Konzentrierte sich auf die Beinarbeit, sprang vor und zurück, seitlich, duckte sich. Hob das Kinn. Los, komm schon.
Eddie mußte lachen und fiel in sich zusammen. Hast gewonnen. Punktsieg. Sie fielen sich in die Arme.
Wenigstens einer, dachte Sperber.

Ich habe keine Flugblätter gesehen, sagte Bartels. Wo lagen die – auf dem Klo? Was steht denn da drin? Muß ja ungeheuer aufregend sein.
Reiner Unsinn, sagte Heimann. Wieder dieses Ammenmärchen, daß die Russen nie einen Krieg angefangen hätten. Und was war mit Prag, he?
Wieso guckst du mich an? fragte Sperber.
Und dann behaupten sie, die Bundeswehr wäre nur dazu da, um den Bossen die Taschen zu füllen. Heimann tippte mit dem Finger an die Schläfe.
Wenn ich diese Schlagwörter höre, wird mir speiübel. Bednarz wandte sich ab.

Und weißt du, sagte Heimann zu Bednarz, der sich an seinem Spind zu schaffen machte, was die noch schreiben? Die Bundeswehr ist eine gewaltige Züchtigungsanstalt zum Abrichten von willenlosem Kanonenfutter! Also primitiver gehts wirklich nicht! Heimann lachte. Im übrigen finde ich es völlig in Ordnung, daß die Verbreitung solcher Dummheiten bestraft wird.
Kannst du mir mal verraten, wie man ein einzelnes Flugblatt *verteilen* kann? rief Sperber. Doch nur durch Zerreißen – oder? Er wäre diesem Mistbrocken da drüben am liebsten ins Gesicht gesprungen. Körperlich fühlte er sich dazu jedenfalls in der Lage.
Man muß doch darüber reden können, sagte Bartels beschwichtigend.
Schikane, reine Schikane, wiederholte Sperber.
Psychologische Kriegsführung ist das, ganz klar, sagte Bednarz. Sieht man ja: Die Wehrmoral soll zersetzt werden. Wir prügeln uns ja schon fast.
Also, nun mach dir nicht in die Hose, rief Bartels. Ich bin zwar nicht der politischen Meinung von diesem Flugblatt da, aber Agenten stecken nicht dahinter. Diese Demokratischen Soldaten stehen öfter vor der Schranke draussen, ganz öffentlich. Die werden erst interessant, wenn man sie verbietet.
Kriegt man direkt Mitleid.
Kommunisten eins in die Fresse, bestimmte Eddie, aber denen da nicht.
Das sind doch welche, du Spasti! schrie Heimann und richtete sich auf.
Eddie sprang auch hoch, hatte die Karatehände mal wieder vorgestreckt.
Nun mal halblang, sagte Heimann. Seine Stimme zitterte.
Kommunisten eins in die Fresse, sagte Eddie, und sah hoch zu Heimann, dessen Hals rote Flecke bekommen hatte.

Ist ja schon gut. Heimann setzte sich. Eddie stand noch.
Ich glaub nicht, daß hier irgendeiner östlich orientiert ist, sagte Sperber. Aber wenn wir uns mit solchen Meinungen nicht auseinandersetzen, wenn wir uns drücken, dann werden wir zerdrückt. Ist doch klar. Eddie setzte sich.
Jedenfalls sympathisierst du mit solchen Weltanschauungen, sagte Heimann zu Sperber, und das gibt zu denken.
Eddi kam wieder hoch. Jawohl, Herr Sheriff.
Nun mach hier nicht den Kasper, meinte Heimann und erhob sich. Im selben Moment hatte ihm der dünne Eddi eine linke Gerade verpaßt. Heimann faßte sich ans Kinn. Eddi klatschte ihm noch eine Ohrfeige mit der Rechten hinterher.
Bartels und Bednarz hielten Eddi fest und beschwichtigten gleichzeitig Heimann. Als der sich von seinem Schock erholt hatte, verkündete er mit Prophetenstimme: Es artet hier langsam in Klassenkampf aus.
Das scheint mir auch so, sagte Sperber, auf der Stube wird geschnüffelt.

10.

Singen und marschieren. Ort: Unterrichtsbaracke und Appellplatz. Die Strophen standen an der Tafel. Woscher, der kleinste, wenn auch nicht der jüngste Unteroffizier der Batterie, war Durchführender. Jede Woche ein neues Lied. Und um Gesangsunterricht rissen sich die Ausbilder nicht gerade. Keiner, auch wohl Woscher nicht, stellte sich gern vor eine Batterie unterhaltungsbedürftiger Rekruten und sang solo. Meistens traf es Woscher.
Er begann. Brustton, tragend, weitreichend. Die erste Silbe, die er sang, das Kinn leicht angehoben, die eine

Hand auf dem Rücken, die andere vor dem Koppelschloß skandierend, die erste Silbe hieß määää –
Jemand lachte. Er mußte zur Strafe nach vorn und selber eine Strophe vorsingen. Der nächste Lacher ebenfalls. So war für abwechslungsreiche Einzelschulung gesorgt, die nur wenige verschonte, aber Woscher beim Vorsingen entlastete.
Auch Heimann mußte lachen und vorsingen. Krächzend, brüchig, schleimig vom Rauchen. Woscha schickte ihn nach der ersten Zeile zurück. Was vor allem Scheck amüsierte, der ausgerechnet jetzt besonders laut lachte und so zum Vorsingen kam. Denn singen mochte er. Erntete Kommentare wie Nachtigall und Caruso. Errötete.
Nach den Einzelvorträgen dann die ganze Batterie. Aber das war für Woscher viel zu leise und viel zu herzlos. Lauter!
Woscher tippte mit dem Zeigestock jeweils auf das Wort an der Tafel, das gerade gesungen werden sollte.
Alle! rief er dazwischen. Den Takt mit den Fußsohlen schlagen! Lied aus! Saumäßig. Vor dem Gebäude in Linie antreten! Jetzt wird im Freien gesungen. Da könnt ihr mal hören, was von eurem Gewinsel noch bleibt. Hammelherde.
Gleichschritt der Stiefelabsätze. Schlagzeug. Vorzählen.
Ein Lied!
Mädel! Mädel – Mädel – Mädel – Mädel – Mädel.
Der Liedtitel wanderte von vorn nach hinten. Lied – durch! schrie der Letzte. Jetzt wurde auch die Tonhöhe von der ersten bis zur letzten Rotte durchgegeben. Jede Rotte schnappte sich den Ton Määäää.
Ton – durch! Dann wurde abgezählt. Links, zwo, drei, vier.
Mädel, draußen ist es schön. Heller Sonnenschein.

Wollen wir spazierengehn? Mädel, sag nicht nein! Lustig weht ein frischerWind keck in deinem Haa – Lied aus! Katastrophe! Das Ganze noch einmal! Das war das Klagelied einer syphilitischen Elchherde!
Mädel – Mädel – Mädel – Mädel – Mädel und bis ans Ende der Strophe: Keck in deinem Haar, dem blonden, deine Augen, liebes Kind, sind so wunderbar.
Jetzt hatte sich die Batterie auf einen Ton geeinigt. Bis auf ein paar Abweichler, die es nicht besser hörten. Manche hatten noch nicht erfaßt, daß die Silben in den Pausentakten nicht ausgesungen, sondern kurz gehalten werden sollten. Dünn und brav sangen sie die Pausen durch.
Woscher schrie anfangs noch den Text dazwischen. Dann beschränkte er sich auf Pantomime. Mit einem Händeschütteln deutete er die zweite Strophe an: Mädel, reich mir deine Hand, komm, noch ist es Zeit. Vor uns liegt das ganze Land, und die Welt ist weit. Haus und Hof und Geld und Gut, sind doch alles Trug und Schande. Hell der Sinn und froh der Mut, und das ist genug.
Vor der Zeile, in der von „Zeit" die Rede war, guckte er auf die Armbanduhr. Vor „Land" wies sein Arm in die Weite. Vor der Zeile mit „Haus" winkelte er Hände und Arme zu einem Giebel. Geld war das bekannte Reiben von Daumen und Zeigefinger. Trug und Schande eine Wegwerfbewegung. Hellen Sinn und frohen Mut verriet er mit einem Schlußsprung in die Höhe und mit seitlich herausschießenden Fäusten.
Dritte Strophe:
Mädel, sollst die meine sein, hab dich ja so gern. Sollst nicht einen andern frein, bin ich dir auch fern. Übers Jahr, da kommt ein Tag, bin ich wieder bei dir, Darling, was auch immer kommen mag, Mädel, dann sag ja.
Das Lied wurde wiederholt. Beim dritten Mal waren die

Schwierigkeiten mit dem altmodischen Text überwunden, die Melodie ging ein wie eine Schnulze.
Bis eben noch gealbert und gelacht. Jetzt, wo das Lied saß: Ernst in allen Gesichtern. Jeder sang mit. Eddie hatte immer daneben gesungen, absolut unmusikalisch, fand Sperber. Er sah sich nach ihm um. Eddie war ganz dem Singen hingegeben, er konnte nicht hören, wie falsch er sang. Das Gesicht dieses harten Ledermannes hatte plötzlich fromme Züge bekommen. Jetzt war nicht mehr wichtig, ob der richtige Ton getroffen wurde. Sperber sang mit voller Kraft. Laut singen, im Schulchor verpönt wie das Abhacken der Silben, war hier eine Befreiung. Alles rausschreien, was in einem steckte, aber nun ohne den Streß von Konkurrenz. Das gab ein Gefühl von gemeinsamer Stärke.
Kraft von hundertzwanzig Boxen.
In den Pausentakten kamen die Echos von den Blöcken, als ob anderswo andere Batterien dieselben Strophen singen würden. Dazwischen das Schrappsen der Stiefel.
Der Vierertakt kriegte einen neuen Sinn. Schritt und Armschwenk, Kommandos und Wendungen gaben den Rhythmus, der Gesang machte Musik daraus. Man verschwand zwischen den anderen. Man war ein Teil. Man ahnte die Ausdehnung eines Raumes, in dem man Einzug hält eines Tages. An einem Tag, da geht es nicht mehr im Kreis herum, da ist kein Zirkus mehr. Da geht es geradeaus. Über jede Begrenzung weg.
Für eine Stunde vergaß Sperber, daß gegen ihn ein Verdacht lief.

Außer Sperber wußte niemand von Eddies Mäusestation. Er sollte niemandem davon erzählen.
Aber auch Sperber erfuhr nicht alles. Nach dem ersten

Besuch auf der Station hatte Eddie ihn nicht mehr mitgenommen. Nur an den neuen Klebefilmrollen unterschiedlichster Farben, die in Eddies Schreibfach lagerten, erkannte Sperber, daß die Rekrutierung der Feldmäuse voranschreiten mußte. Auch hatte Eddie begonnen, allerlei anderes Gerät im Spind unterzubringen.
Eine große flache englische Keksdose, in der er dicke Zimmermannsnägel, Spulendraht, einen kleinen Handbohrer, eine Kombizange, Käse-Scheibletten aufbewahrte. Öfter klirrten Gläser.
Sperber wurde immer neugieriger. Schließlich trieb es ihn zur Station.
Geduckt schlich er sich durch das buckelige Gelände. Immer nach zwei, drei Metern machte er halt und lauschte. Eddies Stimme. Hier mußte es sein. Langsam hob er den Kopf. Da stand er, über das Ölfaß gebeugt.
Hier wird nicht gefickt, ihr alten Säue! Eddie rüttelte an der Tonne. Sonst gibts Hängulin. Das törnt ab.
Er sah durch die Öffnung. Durch die andere hielt er seine Taschenlampe. Er griff hinter sich, hob einen kleinen Stock auf, an dem ein Bindfaden befestigt war. So du kleiner Süßer, mit Speck fängt man Mäuse. Er knotete etwas an den Faden, senkte den Faden durch die Öffnung, wippte mit dem Stock, Nein, nein, du nicht, Pfoten weg! Mußt noch ein bißchen hungern, komm schon, hier, schöner Räucherspeck aus Dänemark. Wollt ihr wohl weg! Ihr seid doch noch fett! Ja, schnupper ruhig, scheuch sie weg, die Gierhälse, beiß zu! Jaaa. Schön tief schlingen.
Eddie hatte die Angel ganz still gehalten. Fang bloß nicht jetzt schon an zu reiern. Er hob den Stock. Eine Maus zappelte an der Schnur. Er ließ sie zu sich durch die Luft heranschwingen, ein paarmal vor seinem Gesicht hin- und herpendeln. Er schien zu lächeln.
So und jetzt eine kleine Kotzkur. Er faßte die Maus um

den Bauch und zog langsam an der Schnur. Ja, brav so.
Hast Herzklopfen?
Die Maus quietschte.
Ruhe!
Der Speckwürfel kam wieder hervor. Mir auch noch das Beste wegfressen wollen. So und nun kotz endlich. Er hielt sie kopfüber und schüttelte sie. Das Quicken der Maus erstickte. So, dankeschön, und jetzt seilen wir dich wieder in den Steinbruch ab, zu den anderen Malochern. Er warf sie durchs Loch zurück. Gute Nacht, schlaft schön, meine kleinen Süßen, und zankt euch nicht immer so.
Sperbers Mund stand offen. Er schluckte, spuckte aus. Und schlich zurück.

Zur Vorbereitung auf das Manöver, das Ende Juni, also in zwei Wochen stattfinden würde, fand ein Orientierungsmarsch statt. Die Sechste und die Siebte Batterie waren auf LKWs aufgesessen. Unter verschlossener Persenning Transport in unbekanntes Gelände. Die vorher eingeteilten Gruppenführer – für die Gruppe 4 war es einer aus Stube zwölf – hatten jeweils eine Karte von dem Abschnitt bekommen, wo sie absitzen mußten. Mit Hilfe von markanten Punkten und besonderen Merkmalen im Gelände, einer Überlandleitung, einem Flußlauf, hatten sie bald die eigene Position in die Karte gezeichnet. Von hier aus sollten sie den Fußmarsch zurück zur Kaserne antreten. Die Marschroute wurde eingetragen.
Die zehn ersten Gruppen sollten zwei Tage als Zuschauer zu den militärischen Bundesmeisterschaften der Leichtathleten reisen dürfen. Bedingung war: Die einzelnen Gruppen mußten geschlossen in die Kaserne zurückkehren.
Sie hatten bis acht Uhr ein gutes Tempo vorgelegt, als Scheck hinter den anderen zurückblieb. Einer hatte es

bemerkt und teilte es dem Gruppenführer mit. Der befahl Halt. Die anderen setzten sich ins Gras.
Wenn der uns das verpatzt, drohte Heimann. Er selbst machte auch nicht gerade den stärksten Eindruck.
Scheck kam herangewankt und ließ sich fallen.
Es geht weiter, sagte der Gruppenführer. Ohne mich, sagte Scheck.
Was heißt hier ohne mich? Eddie hatte sich über Scheck gebeugt.
Es heißt, keuchte Scheck, daß ich hier Pause mache, ich kann nicht mehr.
Eddie zerrte an seinem Arm. Los auf! Alter!
Laß ihn, sagte der Gruppenführer. Noch fünf Minuten Pause!
Danach raffte Scheck sich wieder auf. Aber schon einen Kilometer weiter machte er wieder schlapp. Eddie wurde wieder ungeduldig. Einer von Stube zwölf trat dazu und sagte: wir geben dir einen guten Rat – reiß dich zusammen! Das Sportfest werden wir uns von *dir* nicht versauen lassen. Sperber ging dazwischen. Ihr könnt ihn nicht zwingen. Ich schlage vor, wir teilen die Gruppe auf. Der eine Teil geht vor. Der andere bleibt bei Scheck und läuft langsamer, versucht, einen zivilen LKW zu stoppen und dann kurz vor der Kaserne abzusitzen. Treffpunkt: Einfahrt zum Standortübungsplatz. Dann marschieren wir gemeinsam rein. Sie einigten sich darauf.
Die Teilgruppe mit Scheck, der neben Sperber und Bartels nur noch einer aus der Nachbarstube angehörte, machte sich nach einer viertelstündigen Rast langsam auf den Weg. Hoffentlich klappt es, sagte Scheck, der noch immer erschöpft aussah. Ich möchte euch die freien Tage nicht verderben. Ihr könnt euch meinetwegen meinen ganzen Urlaub teilen. Geht das nicht?
Halt die Klappe und geh weiter, sagte Sperber. Er konnte den Winselton von Scheck nicht ertragen.

Sie kamen an eine größere Straße und versuchten, beim Marschieren einen Lastwagen zu stoppen. Das erste Fahrzeug hielt nach einer Stunde und nahm sie drei Kilometer mit.
Dann hielt keiner mehr.
Ich gebe ein Taxi aus, sagte Scheck.
Halt die Fresse! rief der von Stube zwölf. Sie kamen viel zu spät am Treffpunkt an. Die anderen waren schon zur Kaserne gelaufen.
Noch einmal macht er das nicht, sagte Heimann, als die drei in die Stube traten.

Am nächsten Morgen lag mitten im Zimmer ein Kothaufen.
Als die anderen nach dem Wecken die Bescherung sahen, lag Scheck zusammengekauert und zur Wand gekehrt.
Heimann sagte, du hast zehn Minuten Zeit. Wenn wir aus dem Waschraum zurückkommen, ist die Scheiße weg, aber geschrubbt und gefeudelt. Er riß das Fenster auf.
Sperber ging als letzter aus der Stube und klopfte Scheck noch einmal auf die Decke. Du warst es? Scheck nickte, noch immer den Kopf zur Wand. Mensch, reiß dich zusammen und mach das weg, dann vergißt sich die Sache.
Als er vom Waschen zurückkam, wischte Scheck gerade mit Klopapier die Reste fort. Alles muß weg, sagte Heimann.
Scheck schaffte es nicht hundertprozentig.
Heimann überredete die anderen in der Mittagspause zum „Heiligen Geist“.
Sperber bekam das erst mit, als er in der Nacht durch Gerümpel geweckt wurde. Im Taschenlampenkegel erkannte er Heimann und Eddie, die Scheck den Nachtanzug

vom Leib rissen und ihm einen Taschentuchknebel in den Mund schoben.
Was macht ihr da? fragte Sperber.
Halt die Fresse, sonst wickeln wir dich gleich mit ein, zischte Heimann. Eddi zerrieb mit einer Schuhbürste schwarze Schuhwichse auf Schecks Pickelhaut. Dann rollten sie ihn in sein Bettuch, schnürten Schecks Bademantelgürtel fest drum und schleppten ihn hinaus. Bednarz ging hinterher. Sperber hielt es nicht aus und schlich gleichfalls hinterher. Bartels blieb liegen. Durch den Türspalt des Duschraums sah Sperber, wie das Opfer, das Dreckschwein, die Pickelsau, der Schlappschwanz, Schwuli und was noch alles geflucht wurde, jetzt nackend unter der viel zu heißen Dusche festgehalten wurde und in regelmäßigen Abständen mit Waschpulver bestreut und mit einem Schrubber gesäubert wurde. Sperber ging einen Schritt weiter in den Toilettenraum hinein. Da stand Bednarz und sah zu. Sperber schrie nicht: Was macht Ihr da? Die Grausamkeit fesselte ihn.
Scheck weinte, und wenn Eddie ihn nicht fest im Griff gehabt und immer wieder aufgerichtet und mitleidig unters Kinn gefaßt hätte, wäre er längst zu Boden geknickt. Dann stand Eddie vor ihm mit nacktem Oberkörper, die Muskeln unter der Tätowierung gespannt, seine Hände verkrampften sich in der Karatehaltung, abwechselnd zuckten sie unkontrolliert vor und zurück. Er kreiste um die Folterszene herum, wollte mal auf Heimann, dann auf Scheck zustoßen, hüpfte dann aber immer weiter auf der Stelle. Schweiß stand ihm auf den Schläfen. Scheck sah inzwischen aus wie eine grau balsamierte Leiche; unter der Fixierschicht, auf der das Wasser abperlte, sickerte Blut aus den Pickeln hervor. Sperber ekelte es. Er zitterte. Jetzt gegen was treten. Zuschla-

gen. Matsch schlagen. Vor ihm sein Stubenkamerad Scheck. Dessen Gewinsel. Er war wie gelähmt.
Sie wickelten ihn wieder ins Laken und trugen das Bündel hoch. Seine Matratze warfen sie auf den Korridor und Scheck darauf.
Er wurde am nächsten Tag vom Sani im Revier gereinigt. Selber war er dazu nicht in der Lage.
Das kommt gelegentlich vor, sagte der Sani und führte Sperber zu Schecks Krankenzimmer, hier liegt er.
Sperber klopfte leicht an, trat ein.
Scheck lispelte: Es war doch ein fliegender Teppich, nicht?
Sperber war nicht sicher, ob Scheck ihn ansah. Er hockte sich auf die Bettkante.
Wohin würdest du fliegen an meiner Stelle?
Vielleicht nach Kanada.
Ich möchte zu den Känguruhs. Ja, das möchte ich. In so einem Beutelchen durch Australien hüpfen. Ja.
Er leckte sich die Lippen. Faltete die Hände auf dem Bauch. Dann drehte er sich auf die Seite.
Draußen machte der Sani eine Kurbelbewegung vor der Stirn. Den behalten wir noch zwei Tage hier, bis er wieder laufen kann, und dann kriegt er eine Überweisung in die Psychiatrie.
So einer hätte niemals Soldat werden dürfen, dachte Sperber.

11.

Vor dem Kücheneingang neben der Treppe stand eines Morgens ein olives Dienstfahrrad, der Gepäckträger eingeknickt, der Lenker verdreht und die Felgen verbogen. Die Lampe war hochgereckt. Ausgedient.
Das Fahrrad übertraf noch die Schlagzeile in der Bildzeitung, die sich, blutrot unterstrichen, über die Freizügigkeit deutscher Terroristen im Ausland empörte. Hier

war der Skandal vor der eigenen Tür, man konnte ihn anfassen. Einer klingelte. Sperber hüpfte kurz auf den Sattel, ein anderer versuchte, das verbeulte Vorderrad zu drehen, der Nächste zog die Klemme des eingeknickten Gepäckträgers hoch und ließ sie scheppernd zurückschnellen.

Die Freude war groß. Nach all den Tagen, durch Dienstpläne vorherbestimmt, zäh dahinfließend, war endlich was gegen die Ordnung. Oder zumindest etwas, was nicht auf dienstliche Anordnung zurückzuführen war. Wo mal einer überlegen gewesen war. Wer konnte? Wer durfte? Wer hatte Zugang? Wer hatte Ausgang? Das war mit Absicht geschehen. Zeugen? Einer allein schaffte das nicht. Besoffene Obergefreite? Vom OvD angefahren?

Außerplanmäßige action förderte den Appetit, weckte kriminalistische Lust und verlängerte das Frühstück. Und wie Eddie noch auf jemanden tippte, der alles satt hatte. Er kam mit dem Hintern hoch, ließ sich auf den Stuhl fallen. Es knackte, und der Gepäckträger hatte einen Knick. Eddie schlug begeistert auf den Tisch, und der Lenker war verbogen. Dann trat Eddie unterm Tisch aus, und die Felge war hin.

Als sie die Treppe herunterkamen, was das Ding verschwunden.

Mollog wußte mehr. Jedenfalls klang das, was er dem schadenfrohen Sperber abends auf seinem Zweibett-Zimmer verriet, plausibel: Leutnant Wolf und ein Rekrut sind abends noch mit einem Wagen in den Nachbarort gefahren. Ein Unteroffizier hat sie in einer Disco gesehen. Die beiden haben kräftig geschluckt, der Kanonier wohl mehr als der Leutnant. Wolf hat den Wagen zur Kaserne zurückgefahren. Bis zur Wache. Der Posten, ein Bekannter von Mollog, hat dann die Ausgangserlaubnis des Kanoniers sehen wollen. Wolf hat aber nur seinen ei-

genen Truppenausweis rausgereicht. Als Offizier hat er frei bis Dienstbeginn. Der Posten ist damit nicht zufrieden gewesen. Wolf hat den Wachhabenden, einen Unteroffizier, verlangt. Der hat den Posten ins Wachkabuff geschickt. Dann hat der Wachhabende die Schranke hochgedrückt. Einer von den beiden Besoffenen hat sich nun das Dienstrad von der Wache geschnappt und ein paar Runden gedreht. Dann ist der andere draufgesprungen, und die beiden sind aus dem Gesichtskreis der Wache verschwunden. Die Zaunstreife wollte ein besonderes Vorkommnis melden, aber der Wachhabende hat sich nicht mit der Eintragung ins Wachbuch lächerlich machen wollen: „Zwei Kameraden auf dem Fahrrad gefahren."
Wer war der andere?
Mollog wußte es nicht.
Was für ein Auto? fragte Sperber.
Ein BMW.
Und was wird aus dem Fahrrad?
Da wird ne einleuchtende Schadensmeldung geschrieben.
Verstehe. Das Besteigen eines LKW-Trittbretts führt zum Sabotageverdacht. Die tatsächliche Zerstörung eines Dienstfahrrads bleibt ohne Folgen. Er ging auf den Korridor.
Irgendwie müßte sich das noch steigern. Es könnte ruhig mal was explodieren. Ein Heizungskessel zum Beispiel oder der Bildschirm im Freizeitzimmer (ohne Personenschaden, versteht sich). Oder ein Blitz zersplittert den Fahnenmast.
Er schlug mit den Absatzeisen über die Steinfliesen. Gelbe und rote Funkenschweife sprühten unter seinen Füßen. Von den Kacheln, die bis zur Decke hoch reichten, kamen klirrende Echos.

Zum ersten Mal nahm er bewußt das geteilte Fenster am Ende des Korridors wahr. Das hatte man nicht modernisiert. Der Blick hindurch auf den dunklen Nachbarblock mit dem schwach erhellten Korridor hinter geteiltem Fenster, durch das er mit leicht zugekniffenem Auge am Ende jenes Korridors wieder ein geteiltes Fenster erkennen konnte, auf einen Block weisend, der wieder ein geteiltes, schwach erleuchtetes Fenster haben müßte.
Die Treppe zum ersten Stock war nur flach geneigt, schnell zu erstürmen bei Tag. Die schmiedeeisernen Geländerstreben waren stilisierte Schwerter, von Schwert zu Schwert Eichenlaub. Wenn hundert Mann sich beim Raustreten an ihnen gerieben hatten, waren die Handläufe aus Hartgummi aufgeladen. Schläge von zigtausend Volt konnte man sich wegholen, wenn man sie mit dem Wollärmel streifte.
Korridor? Korridor. Dieses Wort brachte er mit irgend etwas aus der Schule zusammen. Ja, Polen, nein Danzig. Egal. Vorkriegshysterie, Mobilmachung, Feuer. Da müssen hier doch eines Tages, für viele das letzte Mal, die Stubentüren aufgeflogen sein. Der UvD hatte mit fremder Stimme ALARM gerufen, und die Türen blieben dann offen stehen an einem der letzten Augusttage neununddreißig. Unten liefen die Dieselmotoren warm. Aus achtundvierzig Zimmern hatten sie sich dann in die Hallen dieser Korridore hier gestürzt. Mit welchen Gesichtern?
Waren die Soldaten der Wehrmacht begeistert nach Polen gezogen? Ihre Familien, haben sie den Auszug der Helden gefeiert? Er konnte es sich nicht vorstellen.
Haben sie überhaupt noch nach Gründen gefragt, nach Rechten?
Und wer von den Rekruten *heute* fragte: Wofür? Wogegen? Sie gehorchen wie damals. Einsatzbereit, immer mobil. Wie die Flipperkugeln dem Auswerfer: Jedesmal,

wenn du angestoßen wirst, rückst du ein Stück, bis du rausgeschossen wirst. Du juppst ins Übungsfeld, springst gegen Federbänder, fünfzig Punkte, schlägst gegen eine Spirale, rollst dich ab gegen eine andere, ein paarmal hin und her, das bringt zusammen schon dreihundert Punkte, das Zählwerk flackert, du hängst, volle Deckung, in einer Grube, wirst wieder mit fünfzig Pluspunkten sprungauf hinausgeworfen. Du triffst auf die Bande, es klingelt und scheppert dich auf tausend hoch. Jetzt blinkt das Licht unter einem Loch, das wertet dich auf, fünfhundert dazu, Traumziffer, es klingelt: Einen Tag dienstfrei. Marschmarsch. Noch ein paar Bewegungen und auf Bereitschaft. Urlaub. Dann bist du wieder dran, flippst durchs Gelände, Punkte sammeln, Luft schöpfen, wieder einsatzbereit.

Wir sind allzeit bereit. Jederzeit kann ich von jedem Fleck aus in alle Welt befohlen werden. Dann werden wir mobil gemacht. Dann lassen wir den Löffel fallen, lassen den Ping Pong-Ball ins Leere floppen, lassen von den Lippen, die uns küssen, lassen den letzten Brief hinaus, lassen ab von allem, was uns beschäftigt hat. Lassen uns in LKWs verfrachten, in Lufttransporter verladen, in türkische Ödnis oder afrikanischen Busch werfen und uns Zielpunkte vorgeben.

Ich schrecke hoch, die Uhr zeigt 3.37 Uhr. Probealarme fangen meist zu runden Uhrzeiten an. Die veränderten Gesichter. Die Unterführer schreien nicht wie sonst, sie sind mit ihrer eigenen Ausrüstung beschäftigt, das Stubenlicht brennt nur schwach, draußen laufen die ersten Motoren warm. Die Batterie steht schwer und schwarz, halblaute Kommandos bellen den Mond an. Aber der geht in Deckung.

Durch die leeren Fensterhöhlen der Blocks schlagen die gelben Vorhänge sich naß. Stubennischen voller Sakra-

mente. Das Wachs auf den Steinfliesen ist voller Schürfwunden. Im Auge dann nur noch Feind.
Feldjäger schirmen die Ausfahrten ab. Die Schranke steht hoch, wir jagen raus, es geht über holperiges Gelände, die Holzbänke schleudern uns ans Verdeck, ich fasse meine Patronen, wir sind geladen, übergeladen, wir sind ausgelaufen, jetzt gehört uns die Wirklichkeit, das Zivile steht stramm. Was sich querlegt, ixen wir aus. Die Gastwirte werden Kantinenchefs, die Hoteliers schmeißen die bunten Vögel raus, die Autobahnen kriegen Landelichter. Die Brücken Sprengsätze. Tiefflieger zerfetzen die Luft, wir stürzen in die Straßengräben, Entwarnung, wieder aufsitzen, weiter.

Unterricht über das Gesellschaftssystem der DDR. Verfassungstext und Verfassungswirklichkeit. Ausführender: Hauptmann Buster. Zweck der Nato-Streitkräfte ist die Verteidigung gegen den militanten Kommunismus, gegen den Übergriff eines unfreien Gesellschaftssystems auf unsere westliche Demokratie.
Die ersten Morgenstunden, auch Alkoholverdunstungsstunden genannt. Hauptmann Buster schrieb DDR- und BRD- Verfassungsgrundsätze an die Tafel. Hängte eine Landkarte über den Kartenständer, Europa, bestehend aus blau- und rotgefärbten Ländern, Deutschland halb und halb.
Die Rekruten dösten.
Es wurden Dias gezeigt. Die Waffensysteme des Warschauer Pakts. Maiparade. Die Panzertruppen. Eine Serie von Manövern im Gebiet der CSSR. Die Kanonenrohre waren auf die Betrachter gerichtet. Jetzt das Bild von einem Wachturm mit niedrigen Beobachtungsfenstern. Unten neben dem Turm zwei Soldaten. Typische Helmform. Aber richtige Gesichter erkannte man nicht.

Das Raster war zu grob. Da, wo die Augen sein mußten, lagen mehrere dicke Rasterpunkte. Das Foto mußte stark vergrößert oder aus großer Entfernung geschossen worden sein. Gab es keine scharfen Bilder von Volkspolizisten oder Volksarmisten? Der militärische Abschirmdienst mußte doch über Bildmaterial verfügen. Einen einfachen Soldaten konnte man doch mal für öffentliche Zwecke freigeben. Sperber hätte von so einem Mann gern ein Porträt gesehen, so wie die Soldaten im Nato-Soldatenkalender, wie die lächelnden Officers auf den bunten Postkarten vor ihren messerscharfen Phantomjägern. Der Mann müßte ja nicht lächeln. Nur ein Gesicht müßte er haben.
25 km von hier war das eigene Land zu Ende. Dahinter Feindland, in Reichweite der Artillerie. Zu denen war es kaum weiter als zu seiner Mutter. Bei Ostwind wären die Detonationen zu hören.

An einem Abend war Sperber mit Eddie allein auf der Stube. Eddie kramte im Schreibfach. Er wollte wohl wieder zu den Mäusen. Wie sieht es auf der Station aus?
Gut.
Wie viele sind es jetzt?
Irgendetwas störte Eddie. Hast Du noch Dosenbrot? fragte er.
Sperber holte eine Blechbüchse aus dem Eßfach. Ich hab noch'n Käserest vom Wochenende.
Die kriegen jetzt nur noch Brot.
Sind es zu viele?
Eddie wirkte nervös. Die Station schien ihm Sorgen zu machen.
Die Gläser sind jeden Tag wieder voll, sagte er. Wie schnell vermehren sich Feldmäuse?
Sperber wußte es nicht.

Mit den Fallen, das geht jedenfalls zu langsam.
Die Gefangenen sind alle im Faß?
Ja. Aber die vermehren sich wie Heuschrecken. Trotz Hunger. Einen Zug hab ich schon laufen. Und ich kann nicht alle beschäftigen.
Was?
Die drehen durch, wenn wenn sie nicht auf andere Gedanken kommen. Jobs brauch ich. Die müssen arbeiten.
Sie schlichen sich zu dem Faß.
Eddie leuchtete mit der Taschenlampe ins Faß. Er hatte ein zweites Guckloch ins Blech geschlagen. Es wimmelte von großen und kleinen Mäusen. Sperber erkannte regungslose Körper. Schon Tote?
Keuchhusten. Einige haben die letzten Tage ziemlich geröchelt und gekeucht. Vielleicht auch seelisch oder so.
Da muß was passieren, sagte Sperber.
Eddie ließ ein Stück Wäscheleine hinab. Los! Antreten! Ein Schwarm von Mäusen versammelte sich ums Ende. Im Laufschritt! Marsch! Die ersten kletterten hoch.
Ich brauche nur eine. Er packte die erste. Muß beschäftigt werden. Komm mit.
Im Gesträuch hing die englische Keksdose an einer Fahrradspeiche, die durch die Mitte von Boden und Deckel gestoßen war. Die Achse lag auf zwei Astgabeln. Mach mal die Dose auf, Jockel. Sperber schob den Deckel auf der Achse zurück.
Die Dosenwand war mit Schlitzen versehen. Sie dienten als Stufen. Eddie steckte die Maus hinein und drückte den Deckel wieder auf die Dose. Die Dose begann sich zu drehen. Tretmühle, sagte er.
Davon könnt ich hundert gebrauchen. Ich bring das nicht mehr. Fütter mal. Hier ist der Öffner.
Sperber öffnete die Dose. Er zerbröckelte das Konservenbrot und warf es ins Faß. Im Kegel der Taschenlampe

ballten sich jetzt die Ausgehungerten. Gerangel und Gefauche.
Er sah atemlos zu, wie sich immer neue Körper auf den Haufen stürzten. Wie die unteren auf das Brot gedrückt wurden und es nicht fressen konnten. Wie sich Fell rot färbte. Wie einige zur Seite fielen und langsam weghumpelten.
Drei lagen regungslos. Dazwischen suchten und fraßen die anderen weiter.
Eddie lag mit dem Rücken an einen Stein gelehnt, auf seinem Bauch duckte sich eine Maus. Er sprach mit ihr. Als Sperber näher kam, sah er, daß sie durch ein Halsband und eine Leine aus Spulendraht gesichert war, die durch Eddies Hand lief. Die Maus schien besser ernährt, war fast rundlich. Beißt sie dich nicht? fragte er
Die leckt mich. Kriegt reichlich zu fressen. Einzelzimmer hier im Weckglas. Die schläft auf Brot. Zwei Liter Spielraum, da wird Tussi dick von.
Warum bevorzugst du Tussi?
Ich bin tierlieb, mußt du wissen.
Und die anderen? Die in dem Ölfaß?
Erziehung ist das, mein Lieber. Die fressen mir bald alle aus der Hand. Aber erst mal müssen sie hungern. Nicht, Tussi? Wenn ich die dann wieder rauslasse aus ihrem Steinbruch, wenn ich die erlöse, dann ist bei denen was passiert. Hier oben, er tippte mit dem Finger an die Stirn. Tussi, die war in dem Knast da. Die ist treu jetzt.
Dann kannst du ja bald auf die Leine verzichten.
Eben nicht. Tussi muß gegen die wilden Feldmäuse geschützt werden. Ist jetzt ein Haustier. Hat den Instinkt verloren.

12.

Die Heckklappen der MANs sprangen auf. Vor dem Schießplatz wehte die rote Warnflagge. Vorsicht! Nur auf den bezeichneten Wegen gehen. Lebensgefahr!

Sie traten gruppenweise an. Zum ersten Mal in ihrer Grundausbildung sollten sie scharf schießen. Das Stillstehen klappte überhaupt nicht. Im Gleichschritt wurde gestolpert. Gruppenweise marschierten sie zu den Schießanlagen.
Das Gras rasiert wie Golfrasen. Kein Busch, kein Baum. Jede Anlage war von drei Wällen wie von Deichen U-förmig umschlossen. Der Querdeich hinten überragte die seitlichen Dämme um mehrere Meter. Unten Sand und Erde, darüber Baumklötze mit den Schnittflächen nach vorn. Weiter oben wurde die dicke Klinkermauer sichtbar. Hunderttausende von Bleigeschossen mußten in diesem Wall stecken. Unten aus dem Boden ragten mehrere Stangen hervor, dazwischen quadratische Zielscheiben: Ein Kopf an einem Mauervorsprung.
In diesen Schluchten haben Generationen deutscher Soldaten schießen gelernt, sagte der Uffz, mit dem Sperber zur Anzeigerdeckung abkommandiert wurde. Ein Bunker, von dem aus die Zielscheiben bedient und die Ergebnisse durchtelefoniert wurden. Er mußte ein Feldtelefon mitnehmen. Der Unteroffizier hatte eine Papierrolle unterm Arm. Er führte ihn und zwei andere zu einer Eisentür, schloß mit einem Sicherheitsschlüssel auf, und sie betraten einen etwa zwanzig Meter langen, tunnelähnlichen, feuchten Raum. Durch schmale Schlitze fiel in schrägen Streifen Tageslicht herab. Der Unteroffizier verriegelte die Tür von innen.
Durch die Schlitze wurden die Zielscheiben in Metallrahmen wie in einem Essensaufzug hoch- und runtergekurbelt. Sperber sollte eine der Scheiben, die er schon von draußen gesehen hatte, einholen. Der Kamerad vom Mauervorsprung kam herunter. Sein Kinn saß im Mittelpunkt dünner konzentrischer Zielkreise. Von außen nach innen waren sie beziffert. Der innere Kreis, die 10, war

rund fünf Zentimeter groß, das Gesicht gelblich rosa, ein bißchen breitknochig. Die Lippen waren zusammengekniffen, der Mann blickte grimmig. Über dem Gesicht ein fremder Stahlhelm. Dem schien es nicht gut zu gehen. Ein Einschuß am Ohr, einer am Kinn, einer direkt zwischen den Lippen. Das Papier war an diesen Stellen kreisrund ausgestanzt. Ein paar frühere Treffer waren mit runden Papierpflastern überklebt. Doch nun war das Gesicht nicht mehr zu flicken.

Öffnen Sie die Klemmen und nehmen Sie das Blatt ab, befahl der Unteroffizier.

Einer der Abkommandierten gehorchte.

Der Unteroffizier schloß das Kabel des Feldtelefons an und meldete: Anzeigerdeckung besetzt. Er entrollte drei neue Zielscheiben. Los, zieht die Dinger auf, es muß alles ruck-zuck gehen.

Sie klammerten die Papierfeinde an den Rahmen fest. Der Unteroffizier erklärte an den abgenommenen Blättern das Zukleben der Einschußlöcher mit kreisrunden Haftetiketten. Er meldete: Anzeigerdeckung bereit. Sperber nahm ein gebrauchtes Bild vom Boden auf und rollte es zusammen. Ein eindrucksvoller Stubenschmuck. Der Unteroffizier sah es. Papierkorb! – Es ist Feuer frei gegeben worden. Auf die Posten.

Unter ihren Stahlhelmen und hinter den dicken Stahlbetondecken konnten sie sicher sein. Trotzdem war es aufregend. Zwei Meter über ihnen wurde die Luft tödlich. Sperber sah den Schlitz hinauf. In starker Verkürzung das Gesicht. Jetzt ein trockener Knall und ein gedämpfter sofort hinterher. Die Laufschienen schwangen leicht. Von unten nichts zu sehen. Das war alles?

Sperber war enttäuscht.

Runter mit der Scheibe!

Er kurbelte hektisch seine Scheibe herab und beklebte

das Einschußloch im Achterkreis. Der Unteroffizier rief acht links tief durchs Telefon. Halsschuß.
Sperber drehte die Scheibe wieder hoch.
Wieder Geschoßknall und Mündungsfeuer. Der Schütze hatte korrigiert: sein zweiter Treffer lag neun rechts hoch. Das wäre das rechte Ohr. Dann schoß er noch eine Acht, eine Sieben und eine Zehn. Ko durch Kinntreffer.
Nach einer knappen Stunde war ihr Zug durch.

Sie schossen jetzt auf 200-Meter-Distanz, liegend aufgelegt. Sperber war dran.
Ihr Magazin!
Er reichte dem Unteroffizier von der Munitionsausgabe sein leeres Magazin. Es faßte 20 Patronen. Eine ganze Kiste davon hatte der unter sich. Kleine blanke Messingrakten mit grauer Bleispitze und kupferrotem Boden. Zum Reingreifen und Wühlen, lang und schwer und scharf. Der Unteroffizier drückte zehn Stück ins Magazin.
Ihr Gewehr! Er nahm Sperbers Waffe, setzte das Magazin ein und gab sie ihm zurück.
Sperber ging zur 200-Meter-Position, warf sich, Gewehr in Vorhalte, nieder und robbte an die Deckung aus Sandsäcken heran. Der aufsichtshabende Unteroffizier hockte sich neben ihn. Sperber hörte seinen Puls im Ohr.
Das Ziel da vorn, der Unteroffizier zeigte mit dem Finger, Mann am Mauervorsprung, ist 200 m entfernt. Stellen Sie das Visier ein.
Sperber stellte es auf 2. Das Gewehr lag in einer kleinen Mulde im Sandsack.
Gut. Entsichern Sie.
Er legte den Sicherheitshebel mit dem Daumen von „S“, gesichert, auf „E“, Einzelfeuer.

Gehen Sie jetzt ins Ziel. Die 10 ist die Kinnspitze, lassen sie die 10 aufsitzen. Gestrichen Korn. Sie haben jetzt links verkantet.
Sein erster scharfer Schuß. Das Spatzenschießen mit dem Luftgewehr damals zählte nicht mehr. Was waren diese kleinen Eierbecher für eine lächerliche Munition im Vergleich zu den fast acht Millimeter dicken, raketenförmigen Bleimantelgeschossen!
Sperber war noch damit beschäftigt, seinem Atem und seinen Pulsschlägen entgegenzuwirken, die eine kreisförmige Bewegung der Rohrmündung verursachten, immer um die Zehn herum. *Das Geschoß erreicht auf einer langgestreckten, leicht parabolischen Flugbahn sein Ziel.* Das Zielgesicht sah unbeirrt herüber.
Sperber versuchte, den Moment voraus zukalkulieren, wo die Bahn wieder in die Kinnspitze treffen würde.
Hoffentlich entschließen Sie sich bald! Wolfs Stimme von hinten. Da wollen noch andere schießen.
Sperbers Zeigefinger rutschte vom Schutzbügel auf den Abzugshahn. Er atmete tief ein, wieder langsam aus, hielt den Atem an. Jetzt zog er den Abzugshahn bis an den Druckpunkt, die Visierlinie saß auf der Nase, und – Feuer.
Der Rückstoß war wie ein Faustschlag in die Schulter. Rechts neben ihm klirrte es metallisch. Die leere Patronenhülse.
Der Unteroffizier forderte ihn auf, die Schulterstütze des Gewehrs noch fester in die Schulter zu ziehen. Vorn bei der Anzeigedeckung kam die Zahlenkelle hoch. Sie deutete nach rechts oben, und es war die 7.
Sperber ging erneut ins Ziel.
Nehmen Sie die Hacken runter, Mann! Wolfs Stimme direkt hinter ihm. Der hatte also die Wartelinie überschritten, obwohl er nicht zum Sicherheits-und Aufsichtspersonal gehörte. Sperber war aber weiter aufs Zielen

konzentriert. Wie seine Füße lagen, interessierte ihn nicht. Er hatte jetzt den Ehrgeiz, gut zu schießen. Außerdem fühlte er sich mit dem durchgeladenen G 3 in der Hand und nach dem leidlichen ersten Schuß gegen solche Anpinkeleien erhaben.
Hacken runter! schrie Wolf, den Sperbers Ruhe zunehmend zu provozieren schien. Hacken runter!
Sperber spürte einen Schmerz in den Fußgelenken. Wolf hatte ihm die hochstehenden Hacken runtergetreten. Sperber versuchte trotzdem, am Feind zu bleiben. Doch seine Konzentration war jetzt gestört. Um sich wieder zu beruhigen, unterbrach er den Zielvorgang, indem er seine Arme, ohne das Gewehr loszulassen, entspannte. Seine Augen hafteten am Gesicht des Feindes. Es erschien ihm jetzt näher und heller als vorher. Auch nicht mehr so maskenhaft. Als Kind war es ihm manchmal gelungen, schöne, ernste Frauengesichter in der Illustrierten so lange anzustarren, bis sie – nur für ihn – zu lächeln begannen. Das Gesicht dort drüben in den konzentrischen Kreisen wurde jetzt unscharf, und Sperber gewann ihm ein Lächeln ab.
Der Iwan hätte Ihnen längst die Hacken abgesägt! Wieder Wolf. Er trat Sperber jetzt gegen die Fußsohle. Sperber hob die Mündung über das Feindgesicht hinweg und drückte ab.
Das Geschoß schlug irgendwo im Fangwall ein.
Er erhob sich unsoldatisch träge und umständlich, das geladene Gewehr noch in der rechten Hand. Wolf und der Unteroffizier duckten sich ruckartig. Volle Deckung! riefen sie, und hinten fielen die Leute des ersten Rennens flach auf den Boden. Sperber warf sein Gewehr nach vorn über die Sandsäcke.
Wolf sprang ihn an: Sie sind vorläufig festgenommen. Er führte Sperber, der sich nicht wehrte, nach hinten ab. Heimann grinste. Möchte wissen, sagte Sperber so laut, daß

es die gaffenden Kameraden verstehen konnten, wer hier wem die Hacken absägt.
Von zwei Stabsunteroffizieren der Batterie wurde er mit einem Jeep in die Kaserne gefahren und dem Batteriechef vorgeführt.

Kanonier Sperber, sagte Buster, bei Ihnen scheint ja wohl eine Sicherung durchgebrannt zu sein. Er gab den Stuffzen ein Zeichen zu gehen. Ich habe eben mit Leutnant Wolf telefoniert. Durch Ihr vorschriftswidriges Verhalten haben Sie die Sicherheit Ihrer Kameraden erheblich gefährdet.
Sperber antwortete gefaßt. Leutnant Wolf hat mich durch mehrmaliges kräftiges Treten auf meine Füße derartig irritiert, daß ich nicht mehr in der Lage war, den Befehl auszuführen, nämlich zu schießen. Ich hätte das Gewehr auf der Deckung liegen lassen sollen.
Gehen Sie erstmal auf die Stube. Ich werde noch einmal Leutnant Wolf, auch einige Zeugen, dazu hören.
Das Verhör von Zeugen und von Leutnant Wolf war noch am selben Tag erfolgt. Mollog hatte das Protokoll aufgenommen.
So wie die Dinge stehen, passiert dir disziplinarisch nichts, sagte er abends zu Sperber, der sich mit ihm für „Heidis Bierbar“ verabredet hatte. Dann müßtet ihr nämlich beide bestraft werden. Bei dir käme ein fahrlässiger Verstoß gegen die Schießordnung heraus, bei Wolf Mißhandlung von Untergebenen nach dem Wehrstrafgesetz. Damit könnte Wolf sich verabschieden. Der hat einfach schon zu viel auf dem Konto. Buster hat das eine Vergehen gegen das andere aufgehoben. Oder sagen wir mal, er hält nicht viel vom Strafen, das bewirkt erzieherisch ja auch nicht viel. Außerdem verschlechtert es die Stimmung in der Truppe.

Passiert also nichts weiter? wollte Sperber wissen.
Disziplinarisch, wie gesagt, nichts. Allerdings kommt der Vorfall in deine Personalstammakte, Kopie an den S2.
Jaja, sagte Sperber, an einer bestimmten Stelle trifft sich dann alles und wird interpretiert. Er blickte sich um: Ist es nicht ein bißchen riskant, wenn du dich mit mir zusammen sehen läßt?
Verboten hat es mir keiner. Und die hier interessieren sich für gar nichts mehr. Mollog zeigte auf den Nachbartisch, an dem eine Gruppe länger gedienter Zeitsoldaten, wie es schien, einen Bierabend veranstaltete. Den ganzen langen Tisch entlang hatten sie die leeren Bierflaschen in Dreierreihen aufgestellt. Die denken sogar beim Trinken in Marschordnung, sagte Mollog und runzelte die Stirn. Hier werden die Leute kaputt gemacht. Nicht nur Untergebene, auch Vorgesetzte. Ich will nicht behaupten, daß das eine Absicht der Armee wäre, bestimmt nicht, aber eine Folge ist es sicher.
Für mein Empfinden bist du noch einigermaßen heil. Sperber sah ihn an. Wie hältst du es so lange aus?
Schizophrenie. Hier mach ich meinen Dienst, und in der Stadt besuche ich dreimal die Woche die Abendingenieurschule. Der Spieß ist korrekt, er gibt mir ziemlich viel Freiheit.
Sperber staunte. Dann wären wir also Kollegen? Darauf gebe ich einen aus.
Aber wirklich nur einen, sagte Mollog.

13.

Er hatte sich an einem Schaukasten in der Fußgängerpassage postiert. Wenn sie zum Stadtbrunnen wollte, wo sie verabredet waren, mußte sie hier durchkommen. Er war gut getarnt. Die Herrenoberhemden und Halstücher unter Glas würden ihren Blick nicht anziehen.
Halb sechs, langer Samstag.

Eine Weile versuchte Sperber, mit zusammengekniffenen Lidern unter den Vorbeidrängenden einzelne Leute zu erkennen. Aber seine Augen ermüdeten schnell. Die Gesichter verschwammen. Er fühlte sich von dem, was alle anzutreiben schien, ausgeschlossen. Gegen den Strom anstehend, ein Hindernis, wenn da nicht auch die Vitrine gewesen wäre. Einer, der für nichts, was da ausgestellt war, den Gegenwert in der Tasche hatte.
Sie waren für viertel vor sechs verabredet. In der neuen Wohnung, die Susannes Vater für sie gemietet hatte, wollten sie abendessen.
Noch fünf Minuten. Wenn sie dann nicht käme, würde er zum Brunnen gehen. Aber er wollte so gern sehen, wie sie sich bewegte, ihren Blick, wenn sie unter Menschen war. Wollte sie beobachten, wenn sie sich unbeobachtet glaubte.
Nein, eifersüchtig war er eigentlich nicht.
Er erschrak, weil er sie fast übersehen hätte. Ihr Gesicht war reglos, unauffällig wie die anderen im Strom. Sie fuhr sich durchs Haar. Zwischen den vielen Menschen wirkte sie viel kleiner. Nicht mehr so selbstverständlich und sicher wie damals, als sie zum ersten Mal wieder mit ihm zusammengesessen hatte.
Er wich hinter den Schaukasten zurück, dann ging er hinterher. Sie lief eilig weiter in Richtung Brunnen. Einen Moment war er unschlüssig, ob er überhaupt folgen sollte.
Fünf Minuten vor der Zeit, wie es sich für einen Soldaten gehörte, war er nun nicht mehr. Er reckte den Hals. Sie war im Gewoge verschwunden. Er ging am Ende der Passage rechts ab, um einen Bogen zu schlagen.
Sie hielt sich mit beiden Händen an ihrer Umhängetasche fest, ging auf und ab. Er blieb stehen. Sie hatte ihn noch nicht erkannt. Sie sah auf die Uhr. Wie lange würde sie notfalls auf ihn warten?

Ihr Gesicht klarte plötzlich auf. Sie lief auf ihn zu und lachte. Sie umarmte ihn. Hals an Hals, Ohr bei Ohr, wie zwei Pferde hielten sie still. Er wollte nicht, daß sie jetzt sein Gesicht sah. So, über ihre Schulter ragend, die Augen noch geschlossen, während seine Hände ihren Rükken ertasteten, hörte er sie sagen: Wie vergeht die Zeit jetzt? Sie löste sich aus der Umarmung.
Es geht besser.
Wir gehen doch zu mir, oder? Sie faßte ihren Taschengurt, eine Schulter schon in Gehrichtung.
Was lag ihr daran, ihn mit in die Wohnung zu nehmen? Mit einer besonderen Intimität war jedenfalls nicht zu rechnen.
Ihr Appartement lag im neunten Stockwerk eines Neubaus. Wohnzimmer, Küche, Bad, Balkon. Sie war gerade eingezogen. Er hängte sein Jackett an eine Türklinke.
Die Wände weiß und glatt und kühl. Im Flur noch die Bücherkisten. Ihre ganzen Romane. Im Zimmer hatte sie ein bunt lackiertes Zeichenbrett auf den Filzboden gelegt, zwei Kissen dazu. An der Längswand ein Plakat zu einer Kunstausstellung in Rom. In der Ecke eine schmale Liege.
Ich fang schon mal an. Sie ging in die Küche.
Soll ich helfen? Als wollte er sich ermuntern.
Viel zu klein hier! rief sie in einer Lautstärke, wie sie in großen Bürgerwohnungen nötig ist. Sie sah grinsend durch die Tür. Kratzte sich mit dem Brotmesser am Arm.
Oder ihr einfach nur Gesellschaft leisten? Schon wieder zusehen? Unmöglich. Sich hier setzen? Wohin denn? Auf den Teppich ans Zeichenbrett? Auf die Liege da? Hier war keine neutrale Ecke, wenngleich Susanne ihm nicht das Gefühl gab, sich wie ein Gast verhalten zu müssen.
Neben der Tür zum Flur hing ein Setzkasten. In den Fächern, die einmal die Bleibuchstaben des Alphabets ent-

halten hatten, ein Miniaturmuseum: Ohrringe. Steinchen. Elfenbeinelefantenbabies. Knöpfe. Tässchen. Ein Porzellanapfel in Olivengröße. Pinocchio. Ein Streichholzmännchen mit Backpflaume. Arzneidöschen. Verknorpeltes Baumwurzelstück. Ein Knoten ohne Fadenenden. Ein magischer Würfel. Eine Muschel. Eine Fliege, in Kunstharz eingelassen.
Die Ecke über der Liege hatte sie mit Fotos besteckt. Er wurde neugierig: Susanne mit einer ihr ähnlichen älteren Frau. Mit einem älteren Mann, auch nicht unähnlich. Susanne mit Freundinnen. Mit einem Baby im Arm. Susanne mit einem Typ mittleren Alters. Susanne unter offenbar italienischen Männern. An ihr Portrait geheftet ein Babyfoto.
Obwohl sie die Wohnung kaum eingerichtet hatte, wirkten die spärlichen Teile auf ihn abweisend persönlich. Die kahlen Wände waren mit Privatheit geradezu tapeziert. Der Typ da – sicherlich Ulf. Hatte so ein Journalistengesicht. An allem interessiert, immer geschäftig, auf der Suche nach Originellem. Oberflächenspezialisten – so stellte er sich die Mitglieder dieser Branche vor.
Was hatte dieser Ulf in ihrer Pinnecke zu suchen? Die Ulf-Epoche war doch angeblich längst beendet. Warum hing da nicht Jochen Sperber, auch ein Verflossener?
Er verzog sich auf den Balkon. Da unten war er mit ihr gegangen. Nachmittage im „Napoli“. Abende im „Rock-Shop“. Zwischen diesen Klötzen, die jetzt die Farbe des violetten Abendhimmels angenommen hatten, wie mit Drahtsehnen aus feuchtem Ton herausgeschnitten die Gräben der Straßen. Keine Menschen zu erkennen, nur das takttreue Blinken von gelben Kreuzungsleuchten. Hin und wieder Autolichter.
Er suchte die Liebigstraße, Susannes weiße Häkeldecke über dem flauschigen Bett, ihren Plattenkoffer, I can get no. . .

Plötzlich war ihm, als könnte dort unten alles nur scheitern.
Er betrat wieder das Zimmer, hockte sich auf die Fensterbank. Susanne kam und setzte das Tablett mit Tellern, Besteck, zwei Bierflaschen und einer Flasche Rotwein auf dem Boden ab. Lächelnd. Sah ihn nicht an, als sie an ihm vorbei zurück in die Küche ging. Machte dort weiter. Sie war nicht mehr diese hilflose, träumende, ältere Schülerin, der er in manchen Fächern noch hatte Tips geben können. Wenn es auch erst zwei Jahre zurücklag: Susanne war wie um fünf Jahre älter. Sie hatte ihr Leben in die Hand genommen. Wenn sie aber trotzdem noch an ihm interessiert war – wie denn?
Wie denn? Er hörte sie in der Küche hantieren. Eine ihm unbekannte Melodie summend. War es denn richtig, immer wieder nach bündigen Erklärungen zu suchen? Da fehlten zwei Jahre, man kannte sich ja kaum noch. Doch wie lernt man sich kennen? Im Kopf war es ihm klarer: Sich einfach auf diese *neue* Susanne einlassen. Wie sie jetzt war, ohne sie mit damals oder mit Ulf in Verbindung zu bringen.
Erzählen, hatte sie gesagt. Tatsachenberichte? Seelenreportagen? Lustiges aus dem Soldatenleben?
Er ging vor dem Fenster auf und ab, ohne hinauszusehen. Auf den kleinen Flur, wieder ins Zimmer. Vor dem Setzkasten blieb er dann stehen. Griff nacheinander ein paar Miniaturen heraus, setzte sie nach kurzer Musterung wieder ins Fach. War das da nicht dieser italienische Kinderkasper? Er nahm den Pinocchio.
Was machte sie bloß so lange in der Küche. Er ging hin. Lehnte sich mit dem Rücken an den Türrahmen. Sie hobelte Gurken. Hatte in einer Keramikschüssel auf großen, dunkelgrünen Salatblättern weißen Schafskäse zerbröckelt, Kräuter gestreut, Zwiebelringe verteilt. Wenn du ein Glas Wasser möchtest. Sie stellte ihm Seltersflasche

und Glas hin. Er setzte den Pinocchio auf den Tisch und schenkte sich ein. Sie nahm das Souvenir an sich. Du solltest das Stöbern lassen. Automatisch nahm er das Glas und leerte es ohne Durst.
Susanne wusch Tomaten. Er richtete sich auf. Grundstellung. Halblaut, langsam lauter werdend, kommandierte er: Gedanken in Reihe antreten! Wenn ich nicht gehorche, werde ich bestraft. Abteilung kehrt! Wenn ich gehorche, werde ich nicht bestraft. Rechtsum! Wenn ich nicht gehorche, muß ich einen Grund haben. Abteilung kehrt! Ohne Grund zur Befehlsverweigerung habe ich zu gehorchen. Susanne hielt sich die Ohren zu. Sah ihn erschreckt an. Das Messer noch in der Hand. Linksum! Wenn der Vorgesetzte befiehlt, hat er einen Grund! Abteilung kehrt! Wenn der Vorgesetzte keinen Grund hat, befiehlt er auch nicht.
Wortlos wurde eine neue Tomate in Scheiben geschnitten.
Wer ausschert, sagte Sperber, den Zeigefinger vom leeren Glas abgespreizt und auf Susanne gerichtet, der wird gekickt. Nicht mit einem Mal, sondern langsam, Tag für Tag, immer ein Stück kleiner gemacht.
Er schenkte sich Wasser nach. Trank es in einem Zug, wischte sich die Lippen. Ich fuhr neulich mit einem Fünftonner durchs Übungsgelände. Vor mir stand plötzlich Heimann. Versuchte, mich zum Halten zu bringen. Ich will bremsen, trete aber aufs Gaspedal. Wie? Susanne hat das Messer losgelassen. Und überfahre ihn. Jochen! Dann grinst Heimann mich aus dem Rückspiegel an. Sein Gesicht ist oliv. Susanne versucht zu lachen. Ich bremse endlich. Vor mir steht Leutnant Wolf und erschießt mich wegen Sabotage und Fahnenflucht. Dann sitze ich aber wieder hinterm Steuer. Auf den Sitzbänken hinten hokken Frauen, einige nackte, sie halten sich die Scham und werfen mir alberne Kußhändchen durchs Rückfenster.

Dann kommt ein Fluß, und wir tauchen ein. Als ich drüben bin, schwimmen die Frauen auf den Wellen und winken. Ich kehre um und sinke mit meinem Fünftonner unaufhörlich weiter, unaufhörlich weiter. Bis zum Wekken.
Also alle Frauen auf deine Seite. Jedenfalls hast du dich in diesem Traum an Wolf gerächt.
Nach dem Essen, bei einer Zigarette, die zweite Flasche Bier öffnend, erzählte Sperber von dem Schießen. Wie Wolf ihm auf die Fersen trat, bei Sperber eine Sicherung durchgebrannt ist. Von der Festnahme, dem Verhör. Er war richtig in Schwung gekommen. Jetzt sah er auch diesen mächtigen Wolf wieder, wie der über ihm thronte. Aber dann sich selber, aufspringend, das G 3 durchgeladen. Du hättest ihn sehen sollen, plötzlich ein Hampelmann, Sperber triumphierte, Offiziersmütze vor die Augen gerutscht. Riß gleich die Hände hoch. Und dieser Mützenschirm immer noch auf der Nasenspitze. Also nein! Blinde Kuh, sag ich dir. Und er dann unter diesem Schalldämpfer mit seiner Bibberstimme: Volle Dekkung!
Findest du es lustig? Susannes Blick erschreckte ihn.
Er zuckte mit den Schultern.
Hat keiner geholfen?
Er besann sich. Helfen? *Solidarität*, er ahmte Wolfs Stimme nach, *nein*!
Ich denke, Kameradschaft spielt bei euch eine große Rolle.
Kameradschaft – ja! Er lachte. Doch die darf sich nicht gegen Vorgesetzte richten!
Susanne griff mechanisch zu einer neuen Zigarette. Ich fürchte, sagte sie in die erste Rauchwolke hinein, wenn du dich bei dem Wolf nicht unter Kontrolle kriegst, gibt es ein böses Ende. Sie streifte das bißchen Asche ab. Du hast Angst, nicht?

Vor dem nicht, sagte Sperber, fast empört.
Aber insgesamt schon?
Er lehnte sich zurück und stützte sich auf die Ellenbogen.
Susanne kroch, die Zigarette im Mund, zu ihm herüber. Ließ sich neben ihm auf dem Teppich nieder. Lag da und rauchte. Sagte nichts. Damals hatte sie nicht geraucht. Noch immer sagte sie nichts. Bloß diese Zigarette im Gesicht. Vermied jede Berührung.
Er setzte sich wieder auf, schob ein paar Krümmel auf dem Teller zusammen, knetete sie zu einer Kugel und schnippte sie in weitem Bogen gegen die Fensterscheibe.
Susanne legte ihren Arm um seine Knie. Mit dem anderen umständlich zum Zeichenbrett langend, löschte sie die Zigarette. Sie kam mit ihrer Wange an seine. Sie streichelte ihm den Rücken.
Mit mir ist nicht viel los, sagte er, ihrer Enttäuschung gewiß.
So ist es mir lieber.
Wirklich? Er sah ihr unsicher in die Augen. Nach einer Weile: Ich weiß gar nicht, wie es dir geht, seit du zurück bist.
Kalt. Sie drückte sich an ihn. Anders als am Brunnen.
Es war wie ein Berühren rundherum.

14.

Sie übten Spähtrupplauf. Heimann taufte den ihm zugeteilten Trupp auf den Namen „Sonde“. Er rief Eddie, Bartels und Sperber heran. Anzugsordnung: Trainingsanzug mit Koppel und Gewehr. Sportschuhe. Bartels übernahm das Sprechfunkgerät SEM 35 und eine Walther P 1.
Ein Spähtrupp, erklärte Kubik, sieht, ohne selbst gesehen zu werden. Wenn irgend möglich, vermeidet er den

Kampf. Er hat jenseits der Verteidigungslinie oder in einem unaufgeklärten Gebiet Stärke und Verhalten des Feindes festzustellen, herauszufinden, ob das Gelände feindfrei ist oder nicht, unübersichtliche Geländeteile zu überwachen.
Sie verbrannten Toilettenpapier, zerrieben die Asche mit Spucke und verteilten die Soße im Gesicht, auf Händen und Armen. Das tarnte. Sperber sah sich um. Wie aus einem Horrorstreifen, die weißen Augäpfel und Zähne im schwarzen Fleisch. Kubik drückte Heimann ein Meßtischblatt in die Hand, auf dem das auszuspähende Gebiet eingezeichnet war. Rückkehr nach zwei Stunden.
Leicht gebücktgehen, Gewehr in der Hüfte, Rohrmündung folgt der Blickrichtung. Der Wald ging in Buschwerk über. Gangart: Kriechen, also auf allen Vieren. Nach zwanzig Metern befahl Heimann wieder Gebücktgehen. An der Buschwaldgrenze duckten sie sich und spähten ins Feld. Voraus lag der Hof, den sie erkunden sollten. Heimann gab die weitere Annäherungsweise vor. Hinter der Buschgrenze in Deckung der ersten Büsche bis zum Feldweg, von da im Graben bis dreißig Meter vors Gebäude, dann Einteilung von Einzelbeobachtern. Mit feindlichen Vorposten und Spähtrupps ist zu rechnen. Deshalb höchste Achtsamkeit, Knicken von Ästen vermeiden, Fuß nicht abrollen, sondern gleichmäßig von oben aufsetzen.
Sie hatten bald die Grenze des Übungsplatzes überschritten, waren im Feindgebiet. Im Graben holten sie sich nasse Füße, die Hände patschten im Morast. Nicht gesehen werden, selber sehen, Kopf hoch, Körper geduckt.
Auf dem Feldweg oben fuhr ein 2-CV mit zwei Insassen vorbei in den Hof. Vorsicht Feind! Heimann ließ den Trupp zusammenkriechen. Er beauftragte seine Leute, alles, was sie beobachteten, zu notieren.

Kurz vor der Hofeinfahrt teilte er die Beobachter ein. Eddie sollte Posten hinter der Scheune beziehen, Bartels sich ans Wohnhaus anschleichen. Sperber sollte als Baumbeobachter gehen. Er wies ihm eine Eiche zu. Heimann selber wollte hier Stellung beziehen.
Der Baum war leicht zu erklettern. Es wehte, aber die Äste rührten sich kaum. Er stieg fast bis in die Krone.
Der Hof gab von hier aus nicht viel her: Sperber merkte sich die Gebäudeanordnung, schätze die Lage zur Nordachse, zählte die einzelnen Dächer, schrieb auf: Reet, Wellblech, Eternit, Fernsehantenne. Misthaufen in Kompaßzahl 45, Pumpe auf Verbindungsachse, Rauch von Kohlefeuer aus einem Schornstein. Im Beobachtungszeitraum wechselten drei Bewohner die Gebäude, einer, männlich, mit Milchkanne, der andere, weiblich, mit Kind und Bollerwagen. Gespräche wegen Schnattergeräusche von Enten, Farbe weiß, nicht zu verstehen.
Nach 15 Minuten waren sie wieder beim Schutthaufen, um Ergebnisse zu melden. Bartels fing an:
2 Frauen, 1 Mann, 4 Kinder (zwischen 6 und 14) um einen Tisch herum. 1 Frau an der Wand sitzend, spielt Gitarre. Mann liest aus Zeitung vor, Entführung eines Präsidenten, dann Diskussion über Notverordnung und verfassungsändernde Mehrheit. In gewissen Abständen schöpft die Gruppe am Tisch aus großem Aluminiumtopf. Riecht nach Linsensuppe. Kinder entfernen sich aus Küche und spielen mit Holzgewehren im Hof. Wegen Gefahr des Entdecktwerdens Rückzug hinter Geräteschuppen. Dort folgende Geräte: Spaten, Mistgabel, Karbidlampe, Schiebkarre, Flaschen mit Petroleum, Terpentinöl, Salmiakgeist. Werkbank mit Schraubstock, Bohrmaschine. Verschiedene Werkzeuge darüber aufgehängt. In einer Ecke Rohre, eine Rolle Zinkdraht, ein paar Gummistiefel. Heimann machte sich Notizen.

Dann Eddie. Ihn hat gleich zu Anfang ein Köter aufgespürt, der immer gestreichelt werden und spielen wollte. Zwischenfrage Heimann: Rasse? Antwort Eddie: Weiß nicht. Dann hat Eddie sich mit dem Hund im Arm an ein Fenster gemacht und ins Schlafzimmer reinspioniert. Beobachtete Personen: Mann, etwa 50, Frau, späte 40, beim Ficken.
... beim Ge-schlechts-ver-kehr murmelte Heimann.
Sperber brachte dann seine Perspektive vor: Nichts Verdächtiges wahrgenommen. Heimann fragte nach: Nichts?
Nein, nichts.
Dann faßte Heimann die Meldungen über die ländliche Wohngemeinschaft zu einem farbigen Spähtrupp-Bericht zusammen. Bartels gab ihn Satz für Satz durch das SEM 35:
Während Annäherung an Hof fährt Jeep mit Symbol des gegnerischen ABC-Kampftrupps auf das Grundstück. Warum sagst du denn nicht: Atomkraftgegner? fragte Bartels dazwischen. Halt die Fresse, zischte Eddie. Ruhe, sagte Heimann. Bartels, geben Sie durch: zwei Insassen, Mann und Frau. Im Haus drei Frauen beobachtet, die vermutlich zum Hof gehören, und einen Kommissar der Volksarmee. Dieser gibt politischen Unterricht und bereitet die Partisanentätigkeit der Frauen vor. Die Bewohner werden durch Absingen von Widerstandsliedern indoktriniert. Auch die Jugendlichen auf dem Hof werden bei Schießübungen angetroffen.
Ein Groschenroman, sagte Sperber.
Das mußt du doch nicht so genau nehmen, beruhigte ihn Bednarz.
Heimann unbeirrt weiter: in einem Raum wird Fraternisieren mit Feldwebel der NVA festgestellt. Im Werkstattraum Material und Werkzeuge zur Herstellung von Molotow-Cocktails und einfachen Sprengsätzen sowie

drei Maschinenpistolen. Auf dem Dach des Hauses 10 Meter Peitschenantenne für UKW. Vor Einfahrt zum Gebäudekomplex Schützengräben mit Aufwurf. Auf einer Eiche Artilleriebeobachtungsposten mit leichtem Flugabwehrgeschütz.
Sperber lachte. Du solltest zum Geheimdienst, Heimann.
Als sie sich zurückgemeldet hatten, verkündete Kubik, daß „Sonde" vorbildlich gearbeitet habe. Phantasievoll.

Am Morgen des ersten Manövertages wurden sie um drei geweckt. Sie mußten ihre Marschverpflegung abholen und im Kampfanzug antreten. Der Spieß erklärte den organisatorischen Ablauf, der Chef hob die Sache auf die vaterländische Ebene, Prüfung des Ausbildungsstandes, Übung in Selbstbeherrschung, Selbsterziehung, die Verantwortung des Einzelnen für das Ganze.
Dann rollten die Mannschaftstransporter in Kolonne aus der Dämmerung. Die Jeeps surrten heran und warteten auf die höheren Dienstgrade. Zum erstenmal sah man auch die Fahrer gefechtsmäßig ausgerüstet, mit Helm und Tarnnetz.
Die Mannschaften saßen auf, die Schranke schreckte vor dem Konvoi hoch. Die Landschaft erschien unwirklich, einzelne Bäume ragte wie große Bälle aus dem Bodendunst hervor.
Als sie eine halbe Stunde unterwegs waren, ging kreidebleich die Sonne auf.
Ein Manöver, hatte Kubik gesagt, bevor er vorn zum Fahrer gestiegen war, ist ein unvergeßliches Erlebnis. Davon erzählen Sie noch Ihren Enkelkindern. Es ist wie im Ernstfall. Fragen sie jeden x-beliebigen alten Hasen.

Die Straße wurde uneben, die Holzbänke warfen die Rekruten hoch. Sie hockten wortlos, verschlafen, doch neugierig. Starrten gegen die Plane oder auf die nach hinten fliehende Landschaft. In einer Autobahnkurve sah Sperber die Kolonne, die sich wie eine gestreckte Raupe durchs Land schob. Dann und wann schnurrten Feldjäger vorbei, fielen wieder zurück. Gegen sechs wurde die Kolonne häufiger durch einzelne private PKWs zerrissen, die aus der Überholspur, durch nervöse Fernlichter gescheucht, auf die Kolonnenseite gedrängt wurden. Offenbar war es schwer, aus einem Militärverband wieder herauszufinden.
Militärhubschrauber kurvten heran, standen, drehten wieder nach hinten weg. Auf einem LKW-Parkplatz bei einer Raststätte acht Panzer auf Schwertransportern. Mobilmachung.
Oliv die Lastwagen, oliv die Panzer, die Hubschrauber, die Schlauchboote oliv. Die ABC-Schutzplane ist oliv. Das Kochgeschirr ist oliv. Das Zelt. Die Parka. Der Kampfanzug. Olives Tarnnetz. Oliver Helm. Olive Arbeitsmütze. Olives Koppel. Olive Gamaschen. Kampfunterhosen oliv. Arbeitshemden oliv.
Die letzte Woche der Grundausbildung ist erreicht. Sie ziehen ins olive Gelände, treten in Kuhscheiße, schmieren ihre Haut kuhmistgrün ein. Erbseneintopf, Linsen, Bohneneintopf, Grünkohl, Spinat, alter Blattsalat. Oliv anlaufen, oliv kotzen, oliv scheißen und oliv denken. Olive Männchen haben olive Gefühle. Wir werfen uns auf alles Unolive. Wir sparen nicht mit dem Oliv, wir spaßen nicht damit. Je ernster, desto oliver. Das Oliv geht um. Bald wird auch die Fahne oliv grünen. Und der Wachposten am Tor wird für immer in seine oliv vermooste Kiste gedrückt.
Sperber schlief ein paarmal ein, wurde aber durch Hupen auf der Überholspur wieder emporgerissen. Gegen acht

verließ der Treck die Autobahn. Nach einer halben Stunde Fahrt durch hellgrünes, dann nadelgrünes welliges Gelände stoppte die Kolonne. Die Unteroffiziere sprangen von den Fahrerhäusern und befahlen Absitzen.

Auf dünnen Pfählen waren Wegweiser mit den Abkürzungen der Einheiten angebracht. Sie leiteten den Zug zu einem Sammelplatz. Hier grenzte eine Straßenseite an ein Waldstück mit buschartigem Unterholz. Die Schilder an der anderen Straßenseite warnten vor dem Betreten des militärischen Sicherheitsbereichs. Überall auf dem Boden erkannte man Hülsen von Übungsmunition, Papphülsenreste von Leuchtraketen. Ein halb zugeschüttetes Schützenloch war zu sehen. Reifenspuren zogen sich von dem Sammelplatz aus in mehrere Richtungen, auch Profile von Kettenfahrzeugen, ein paar tiefgewühlte Sandstraßen hatten sich in das Gelände eingefressen. Nur ein paar Baumgruppen waren stehen geblieben. Überall brummten Motoren wie Hornissenschwärme.

Sie waren in den Bereitstellungsraum geworfen.

Beide Batterien traten hinter der ersten Baumreihe an, und ein Oberleutnant aus der Sechsten verlas den Lagebericht. Demnach war die Rotpartei von Osten her auf dem Vormarsch und hatte bereits wichtige Verkehrsknotenpunkte, einige Militär- und Zivilflugplätze durch Luftwaffenüberlegenheit lahmgelegt. Sie rückte, zwar gebremst durch die wachsende Abwehr der Blaupartei, aber immer noch zügig gegen westliche Industriegebiete vor. Schon wenige Stunden nach Beginn der Kampfhandlungen wurde Partisanentätigkeit gemeldet. Feindliche Fallschirmspringer hatten den vorderen Rand der Verteidigung überflogen und – durch Sabotageakte begünstigt – ein Atomkraftwerk unter ihre Kontrolle gebracht. Die Blauen ihrerseits wurden von den Verbündeten aus der Luft und zunehmend auch auf dem Land

unterstützt. Sie unternehmen alles, um die Luftüberlegenheit zu erringen.
Also das ist die Lage, meine Herrschaften. Nun zeigen Sie mal, was Sie gelernt haben.
Die Einheitsführer versammelten sich, um den Bataillonskommandeur, um die Befehle zu empfangen. Dann wurden die beiden Batterien aufgelöst und jeweils gleich große Gruppen aus der Sechsten und der Siebten Batterie miteinander vermischt. So sollte verhindert werden, daß die Sechste gegen die Siebte kämpfte, was nach der Übung schlimme Folgen in der Kaserne hätte haben können. Rote und blaue Armbinden wurden ausgeteilt. Zehn Mann blieben übrig. Sie wurden als Partisanen abgestellt.
Zu ihnen gehörte Sperber. Unter den anderen kannte er nur noch Bassemer. Der aber wiederum war mit einigen anderen des Trupps bekannt. Es waren allesamt Kollegen der Demokratischen Soldaten. Als Truppführer war ein Unteroffizier aus dem Bataillonsstab eingesetzt worden, den Sperber vom Geschäftszimmer des S2 kannte.
Bevor sie auf ihre Abschnitte ausschwärmten, gab es noch eine kleine Einlage. Die Rekruten traten wieder an, ein LKW fuhr vor. Der Beifahrer öffnete die Heckklappe und schlug die Plane hoch. Unzählige Hähnchen zappelten ins Freie. Wolf befahl, daß jeweils zwei Leute ein Hähnchen einfangen sollten. Aber hopp. Die meisten waren längst ins Gebüsch geflüchtet, und die Soldaten stürzten, einige wie Raubvöbel, andere zögernd oder ängstlich, hinter ihnen her.
Als nahezu alle Hähnchen eingefangen waren, stellte sich Leutnant Wolf mit einem Hähnchen vor die Truppe: Stellen Sie sich vor, Sie haben starken Hunger, aber außer dem Hähnchen im Arm nichts zu fressen. Was machen Sie?

Schlachten!
Richtig. Aber wie?
Mit dem Klappmesser!
Auf die Birne!
Dann abhacken!
Viele Rufe durcheinander. Bei der Klappmessertötung, erklärte Wolf, besteht die Gefahr, daß Sie sich in die Finger hacken. Das Flattervieh ist schlecht zu halten. Ich führe Ihnen jetzt die einfachste Methode vor, sie ist zugleich auch die sanfteste.
Sehen Sie her. Hier greifen Sie mit der freien offenen Hand an die Brust des Tieres, rutschen den Hals hoch und schließen dabei die Hand so weit, daß das Tier noch Luft kriegt, aber sich nicht losreißen kann. Nunmehr lassen Sie es mit der anderen Hand los, so daß es praktisch am eigenen Hals hängt und sich nicht mehr wehren kann.
Wolf machte alles vor. Einer in der Gruppe ließ plötzlich sein Hähnchen fallen und mußte es wieder einfangen.
Nun, meine Herren, beginnt für das Tier ein kleiner Rausch, ein kleines Schleudertrauma.
Er schleuderte es kreisförmig, immer schneller durch die Luft.
Jetzt ist kaum noch Blut im Gehirn, das Tier ist bewußtlos. Nach dieser schmerzlosen Narkose unterbrechen wir mit einer leichten Drehung des Halses – er machte es, als würde er einen Korken in eine Flasche drehen – die Verbindung zwischen Kopf und Körper. Jetzt erst – er trat an einen Busch und klappte sein Klappmesser auf – lassen wir das Tier auslaufen.
Er hatte mit einem kurzen Hieb den Kopf weggehackt, holte aus seiner Brusttasche einen Faden, der ja immer am Mann sein sollte, band die beiden Krallenfüße zusammen und hängte den toten Vogel halsabwärts an einen Zweig. Dann forderte er die angetretenen Hähn-

chen-Killer auf, es ihm nachzutun, aber vorher zurück in den Wald, denn stets ist mit dem Feind zu rechnen. 120 Mann drangen unentschlossen ins Dickicht.
Nach einer Weile schrie Wolf: Sammeln! Sperbers Hähnchen lebte immer noch. Er fand einen schweren Ast und schlug dem Hahn kräftig auf den Kopf. Dann schnitt er ihn ab und hängte das Tier an einen Baumstamm. Im Zivilen wäre er sich kaltblütig vorgekommen. Er lief zum Sammelpunkt. Während die Hähne austropften, erläuterte Wolf das Rupfen. Nach zwei, drei Minuten stand er in weißen Federn, die sich in der Windstille in einem Kreis um seine Füße gelegt hatten. Bald hatten alle ihre gerupften Hähne in das Kochgeschirr verstaut. Für Proviant war gesorgt. Sie empfingen weitere Anweisungen.
Der Partisanenführer zog mit Sperber und den anderen durchs Gestrüpp bis zu einer kleinen Lichtung. Dort erklärte er, Partisanen seien keine regulären Kampftruppen. Sie seien zivil gekleidet und führten den verdeckten Kampf aus dem Hinterhalt. Sie greifen bei Nacht an, und zwar immer nur einzelne empfindliche Stellen des Feindes (Munitionslager, wichtige Verkehrsschnittpunkte). Sie kleben Flugblätter an Wände. Sie demoralisieren den Gegner. Sie sind tagsüber wie der Fisch im Wasser unter der Bevölkerung – und abends greifen sie heimtückisch an. Da werden Vorposten lautlos erwürgt, Wachen mit Gas betäubt, Fahrzeuge mit Seilschlingen und Straßengruben gekidnapt, vor Trinkwasservergiftung schrecken sie nicht zurück.
Der Partisanenführer las einen Flugblattentwurf vor:
Achtung, Gruppe Blau: Ergebt Euch, es hat keinen Zweck! Hißt die weiße Flagge! Die Friedenskräfte des Sozialismus haben große Teile unseres Landes von kapitalistischer Ungerechtigkeit und Faschismus befreit. Verhindert weiteres Blutvergießen! Jetzt beginnt die

Zeit des kleinen Mannes, die Herrschaft des Volkes. Jahrelang wurdet Ihr geknechtet. Nieder mit den Marionetten des Ausbeutersystems. Es siege der Kommunismus!
Der Unteroffizier ließ den Text rumgehen. Der Verfasser? fragte Bassemer. Der Uffz selber. Bassemer sagte, das könne so zwar kaum von Soldaten der Sowjet-Armee verfaßt sein, aber inhaltlich käme es schon hin. Der Unteroffizier zog eine Matrize heraus und fragte, wer saubere Druckschrift schrieb. Einer meldete sich. Der Unteroffizier klappte eine Alkoholdruckmaschine auseinander, stellte sie einem der Rekruten auf den Schoß, prüfte die Flüssigkeit. Als der Text geschrieben war, mußte er abgezogen werden. Der Unteroffizier zog Papier aus dem Sturmgepäck. Jeder bekam einen Stapel.
Bei einem Bauern in der Nähe durften sie Quartier machen. Sie wechselten die Kleidung: Jetzt trugen sie Trainingsanzug mit grüner Binde. Sportschuhe. Sperber fühlte sich behende. Es wurde dunkel. Um 24 Uhr sollte das Unternehmen beginnen. Bis dahin ausruhen.
Partisan, woher kam das? Woher kommt der, was will der, als Feind nicht anerkannt? Gegen Partisanen gelten die Bestimmungen des internationalen Kriegsrechts nicht. Man kann alles mit ihnen machen. Partisanen nimmt man nicht gefangen; man löscht sie aus. Zivile sind das. Mit Filzhut, zerfleddertem Jackett und Turnschuhen. Gammler, Strichjungen, Loddels und Penner. Ohne Geschlecht, ohne Dienstgrad, ohne Geld. Partisanen haschen, sind link, kennen keine Moral. Partisanen darf man nicht im Dunkeln begegnen, Partisanen müßte man eigentlich schon von weitem erkennen, die müßte man riechen. Zu denen paßt kein anständiges Gewehr. Partisanen sind teuflisch, sie stellen Fallen mit vergifteten Bambusstäben, machen sich wie Wölfe heimtückisch an

die ordentlichen Herden heran, sind nur nachts in Aktion. Das Schlimmste ist, sie treten auf wie Zivile. Tagsüber sind sie Fremdenführer und verstehen nur einheimisch, aber nachts jede Sprache. Sie sind das Letzte, gerissen wie der CIA. Sie sind alles, was man nicht kennt, was man nicht ist; Partisanen sind gegen einen. Sie müssen vergiftet sein wie ihre Pfeile, mit denen sie sich vernichten, bevor man sie kriegt. Sperber ein Partisan?
Mitternacht. In der Scheune, unter der abgeschirmten Taschenlampe, beschrieb ihnen der Unteroffizier auf dem Meßtischblatt 1 : 25. 000 die Kampflage und den konkreten Auftrag: Die Flugblätter in größtmöglicher Nähe zum Biwak der Partei Blau auszustreuen. Danach: Anbringen von Sprengstoffpaketen in einer Waffenfabrik (verlassener Schafstall im Manövergelände).
Sie verließen die Scheune und bewegten sich auf den Wald zu. Es war auffällig still. Ein Nachtvogelruf. War es wirklich einer? Oder ein vereinbartes Signal des Feindes? Jedesmal, wenn einer aus dem Trupp auf einen Zweig getreten war, verharrten alle, um ins Unterholz hineinzulauschen. Plötzlich von vorn ein Knistern. Sie warfen sich igelförmig nach außen, die Gewehre im Anschlag. Neben ihnen fiel etwas auf den Boden. Achtung! zischte jemand. Sperber riß die Unterarme vors Gesicht. Da krachte es auch schon. Eine Plastikhandgranate. Also Feind in unmittelbarer Nähe. Sie blieben zehn Minuten absolut still liegen.
Dann schlichen sie vorsichtig zurück, wählten einen anderen Weg. Der Unteroffizier winkte nach hundert Metern den Trupp heran. Er und ein anderer aus dem Trupp hätten einen feindlichen Vorposten ausgemacht und wollten sich anschleichen. Auf zwei leise Pfiffe sollten die anderen folgen. Ein Plumpsen, ein abgewürgter Schrei, Waffenklirren und dann die vereinbarten Pfiffe. Die beiden hatten sich auf zwei Vorposten geschmissen und

knieten jetzt auf ihnen. Mit Hilfe der anderen wurden sie gefesselt, geknebelt, dann in ihrer Schützenmulde aneinander gebunden. Das Telefonkabel wurde gekappt.
Es war Krieg.
Sie hatten die vordere Sicherung des Biwaks überschritten, sahen bald zwischen den Stämmen oranges Licht flackern, dann wieder Schatten davor. Sie arbeiteten sich noch aufmerksamer und noch langsamer vor als bisher. Sie lagen plötzlich direkt vor der Latrinengrube, aus der es nach Chlorkalk stank. Der Unteroffizier gab ihnen das Zeichen zum Ausschwärmen und Flugblattwerfen. Treffen nach spätestens fünfzehn Minuten.
Bassemer und Sperber machten sich zusammen auf. Plötzlich war Sperber im Würgegriff, dann ohne Waffe, versuchte sich herauszuwinden, es war nur ein Gegner, es gelang ihm, doch dann waren es drei, und er war gefangen.
Bassemer hatte sich offenbar gerettet. Leutnant Wolf tauchte auf. Als Schiedsrichter erklärte er Sperber zum Kriegsgefangenen.
Hauptmann Buster, als befehlshabender Batterieführer der Blaupartei, versuchte aus Sperber herauszuquetschen, wie stark der Partisanentrupp war, wo, wohin und mit welchem Auftrag er sich bewegte. Doch Sperber verweigerte die Aussage.
In welcher Rolle war Sperber?
Schiedsrichter Wolf ordnete ihn jetzt einer Gruppe zu, in der er auch Eddie wiederfand. Wolf nahm Sperber die grüne Binde ab und gab ihm die rote. Der Partisan wurde gegen einen ordentlichen Soldaten eingetauscht. Durch den Zwischenfall war Unruhe in die Truppe gekommen. Die beiden gefesselten Vorposten wurden entdeckt, die Wachen verdoppelt. Sperber durfte sich für kurze Zeit hinlegen. Es war ein Uhr geworden.
Gegen zwei wurde er wachgerüttelt. Zehn Minuten spä-

ter rückten sie schon mit kleinem Sturmgepäck aus. Hatten um vier die Frontlinie erreicht und gingen hinter den ausgehobenen und besetzten Gräben, hinter Bäumen und gut getarnten Auswürfen in Deckung. Übungsmunition wurde verteilt. Die Schlacht sollte beginnen. Eddie, eine vibrierende Wespe vorm Abflug, war jetzt voll dran, nicht mehr im Abseits. Vor ihnen lag ein 2 km breites und etwa 800 m tiefes welliges Gelände, von Buschreihen, Hohlwegen durchzogen, rechts durch einen Fluß begrenzt. Eine halbe Stunde später stand ein grellgrüner Kugelblitz hoch am blaßrosa Himmel, das Licht zitterte und sank langsam abwärts. Das Signal zum Beginn der Kampfhandlung. Jetzt würde es losgehen. Hin- und hergeworfen war Sperber zwischen den Parteien, Überläufer und Irrläufer in einem, nirgends fähig zu sagen, für euch, für uns. Aber doch Lust aufs große Platzen, das grelle Flashlight-Konzert der Leuchtraketen, Krieg der Sterne, der Drummer bricht aus, Rundum-Stereo, die große Ausschütte, das große Lachen. Drüben tauchten Schützenpanzer auf und rasten auf die Deckung zu. Drei, dann fünf blieben liegen. Perfekt gespielt. Schützen sprangen über Bord, hinter den Rädern leuchteten Mündungsfeuer auf. Rechts im Tiefflug über den Fluß hatten sich Hubschrauber genähert. Im Schutz einer Böschung waren die Ledernacken ausgestiegen. Weiter hinten schwebten schwarze Punkte an Fallschirmen nieder. Zwei Schützenpanzern war es gelungen, den Panzerfäusten zu entgehen. Sie hielten 50 m von den Schützengräben entfernt. Die Mannschaften sprangen ab. Feuer frei! Übungspanzerfäuste prallten gegen die Blechwände der Fahrzeuge. Eddie neben Sperber hatte Ladehemmung und fluchte. Er schlug seine Knarre auf den Wall, trat mit dem Fuß dagegen. Die Angreifer rückten unter MG-Feuerschutz heran, Handgranaten (Plastik) landeten neben ihnen. Sperber sah rote Armbinden auf sich zustürzen. Eddie war immer noch mit seinem G 3 beschäftigt, Sperber rannte nach hinten. Rief ihn an. Jetzt wurden Tiefflieger eingesetzt, die Bäume bogen sich unter dem Luftdruck, man hörte gar nichts mehr, die Leute waren verstreut. Von der Seite kamen ein paar Fußkämpfer. Eddie erhob sich, Sperber rief nochmals, aus seiner neuen Deckung hinter einem Busch. Eddie sah ihn nicht, hörte ihn nicht. Rundherum wurde geschossen und gerungen.

Der Mann, der jetzt hinter Eddie stand, war Heimann.

Eddie! Hinter dir!

Jetzt hatte er verstanden. Er kam herum. Heimann war im selben Moment auf ihn gesprungen und begrub den schmächtigen Eddie unter seinen hundertachtzig Pfund. Sperber warf das Gewehr von sich und riß Heimann an der Schulter nach hinten. Der aber hatte sich an Eddie festgekrallt. Sperber mußte es anders versuchen. Er nahm Heimann in den Würgegriff. Da ließ er Eddie los.

Wolf mußte das Ganze verfolgt haben. Als Schiedsrichter erklärte er Eddie für gefallen. Eddie kam hoch und trat Heimann in den Hintern. Tieffliegerlärm und Granaten.

Wolf wollte jetzt einen Zweikampf Heimann-Sperber. Vor Sperber, zwei Meter entfernt, stand der Feind. An Kräften und Gewicht überlegen. Da war nur mit Tricks was zu machen. Er stürzte sich auf ihn zu, fing sich auf halber Distanz ruckartig ab. Sekundenbruchteile später war Heimann nach vorn gesprungen, schoß jetzt ins Leere, von der Seite traf ihn Sperbers Faust, dann die andere am Kinn, kaum daß Heimann sich abgefangen hatte. Eddie johlte, Heimann taumelte, faßte sich, drehte sich dem abwartenden Sperber zu. Der setzte seine Faust auf Heimanns Magengrube an. Der Schlag war zu kurz. Heimann versetzte ihm eine Gerade auf die Brust. Sperber japste nach Luft. Heimann nutzte den Moment und

schlug noch einmal zu. Ein Schmerz im Gesicht. Sperber faßte sich an die Nase, Blutbahnen auf der Hand. Seine Deckung! Aber Heimann dachte offenbar nicht mehr an Kampf. Er sah Wolf erwartungsfreudig an. Sperber ging wieder in Position.
Aber Wolf pfiff den Kampf ab.
Was ist?! Eddie stand angriffsbereit vor Wolf.
Unentschieden, verkündete der Schiedsrichter.
Nach einer Stunde wurden die Kampfhandlungen zwischen der Rotpartei und der Blaupartei für beendet erklärt. Die müden Kämpfer fielen ins Gras. Totenstille. Für ein paar Minuten nur, denn schon riefen die Gruppen- und Zugführer ihre Leute zusammen. Die Mannschaftstransporter waren aufgefahren.
Nach einer halben Stunde, die Sonne stand schon hoch, hatten sie die Autobahn erreicht.
Ende des Mannövers.

15.

Sperber sah auf Susannes Fuß über dem Pedal. Hast Du durchgetreten?
Vollgas. Wie schnell sind eure Jeeps?
Höchstens 120. Die Feldjäger dürften aber schneller sein. Wir fahren jetzt 130. Seit wann sind die hinter uns?
Die Lichthupenzeichen habe ich kurz nach der letzten Abfahrt bemerkt. Susanne sah in den Spiegel. Sie holen auf.
Sperber drehte seinen Kopf mit einer langsamen Bewegung zur rechten Seite, senkte ihn auf die Rückenlehne. Er glitt hinab. Die Knie stießen jetzt gegen die Armatur.
Laß doch das Versteckspiel. Wenn die Dich suchen, kriegen sie Dich sowieso.
Aber er blieb so liegen. Der Jeep der Militärpolizei war

jetzt auf einer Höhe mit ihnen und hielt sich dort. Die beiden Soldaten mit weißen Armbinden, beide kaum älter als zwanzig, sahen prüfend herüber. Susanne nahm Gas zurück. Der Jeep blieb aber auf ihrer Höhe. Als sie nur noch etwa 60 fuhr, zogen die Feldjäger plötzlich an und setzten sich vor sie. Susanne sah die kontrollierenden Blicke jetzt im Rückspiegel des Jeeps.
Dürfen die eigentlich auch zivile Fahrzeuge anhalten?
Nur in Kriegszeiten. Oder im Notstandsfall, denke ich.
Du, sie sind weg. Setz Dich wieder aufrecht. Sperber setzte sich auf. Er starrte auf die Fahrbahn. Wird nichts mit den Raketen, sagte er. Man hat mir das us-confidential nicht gegeben. Ich bin ein Sicherheitsrisiko. Nach der Grundausbildung darf ich Nachfolger des Obergefreiten Mollog werden. Schreibstube. Urlaubsscheine schreiben. Jetzt müßte man kündigen können. Oder abhauen?
Wir segeln einfach nach Schweden. Susanne sah ihn ermunternd an. Da gehen doch alle Deserteure hin.
Er erschrak. Wo sind wir eigentlich?
Noch zwanzig Kilometer.
Plötzlich sahen sie die Feldjäger wieder. Sie hatten auf dem Seitenstreifen gehalten. Susanne fuhr an ihnen vorbei. Sperber zog das Schiebedach zurück. Der warme Fahrtwind föhnte sein Haar, das jetzt wieder fingerlang war. In diesen Tagen hatte die Sonne ihren höchsten Stand erreicht, aber die Wolken fegten dahin wie im April.
Böiger, heißer Südost hatte ihn schon heute mittag am Kasernentor geschüttelt, als er auf Susanne wartete. Segelwetter.
Er versuchte, sich auf dem Ellenbogen abzustützen. Susanne hatte wieder etwas verlangsamt. Das gefiel ihm an ihr: Sie ließ ihn komische Sachen machen.
Sperbers Jahresurlaub begann erst abends. Er hätte sich

so lange im Bereich aufhalten und dann um 18 Uhr beim UvD abmelden sollen. Schikane. Er war einfach früher gefahren.
Er stellte sich auf den Sitz. Spürte, wie sein Kopf gewaltige Luftmassen teilte. Wie seine Halsmuskeln angespannt waren. Er öffnete den Mund weit. Der Fahrtwind blähte ihn wie einen Ballon und trocknete ihn aus. Ha! Er sammelte Spucke. Schrie gegen den Wind an: Sprung auf! Marsch! Angriff! Feuer frei! Loß gib Gas, laß ihn kommen! Daumensprung links vom Brückenpfeiler Bullen! Raketenbeschuß! Er schrie sich wund.
Das sind Kühe, Jochen.
Bullen.
Sie hielt sein Bein. Er stieß sie mit dem Knie zurück. Vorwärts! – Da, in Richtung, die ich zeige, Feindfahrzeuge. Abfallen! Langsamer!
Vor ihnen das letzte Fahrzeug einer Militärkolonne mit blauer Flagge.
So, und jetzt langsam dran vorbei, schön langsam! Jeder einzeln. Er hatte seinen Posten im Ausguck gehalten. Sein Kopf wanderte hin und her. Mehr als zwanzig Fahrzeuge zogen an ihnen vorbei.
Ein Panzertransport mit Hebefahrzeugen. LKWs mit Benzinkanistern, Jeeps, Sanitätsfahrzeuge. Da kam Sperber wieder herunter.
Kann es sein, daß die Feldjäger wegen denen da. . .
Er nickte.
Sie fuhr wieder schneller. Zum Hafen waren es noch zehn Kilometer.
Möchtest Du einen Apfel?
Nein, Kannst Du nicht schneller?
Nun mach bitte keine Sachen. Uns jagt niemand. Sperber sah sich um. Und der da? Was hältst Du von dem? Etwa kein verdächtiger Typ? Grauer Lack? Ohne Buchstaben im Kennzeichen? Häh?

Sie nahm die nächste Abfahrt, bremste vor einer Kreuzung und fuhr rechts ran. Sie nahm seinen Kopf in die Hände. Ich möchte Dir helfen.
Sie sitzen versteckt, verteufelt gut getarnt. Glitschig sind sie. Auffällig still. – Was guckst Du so?
Sie küßte ihn auf den halboffenen Mund. Er konnte den Kuß nicht erwidern. Aber er war ruhiger geworden.
Ich fahr jetzt zum Hafen. Wenn wir erst alles im Boot verstaut haben, geht es Dir besser.
Es geht mir nicht schlecht. Im Gegenteil, mir geht's blendend.
Als sie wieder fuhren, sagte sie: Wir haben sie alle abgeschüttelt.
Aber abgetrieben noch nicht.
Das Boot lag friedlich an einem der vorderen Stege. Knapp acht Meter lang, ein flachgehendes Kielschwertboot, gut tauglich für die Ostsee. Es gehörte ihrem Bruder.
Susanne kletterte sofort ins Schiff.
Der Wind wehte aufs Meer. Die feinen Seile, die lose den Aluminiummast entlangliefen, schlugen gegen das Metall. Dieses Klirren mochte Sperber. Er sah den Mast hoch. Die Mastspitze zeichnete Kreisbahnen in den Himmel. Die Windfahne waagerecht. Er sah aufs Wasser. Eine Yacht ließ sich mit vollbusigem Segel aus der Hafenausfahrt drücken. Die Bundesfahne im Heck stand ins Schiff hinein.
Susanne hatte die Persenning, die über dem Cockpit verzurrt gewesen war, zusammengerollt und trug sie zum Vorschiff. Sie hatte kräftige Arme. Mit einer Hand hielt sie sich am Want fest. Ein Arm fürs Schiff und einer für dich, so kannte er es. Sie hatte oft gesegelt, sicher jeder Handgriff.
Los, Jochen, komm an Bord.
Sperber zog seine Lederstiefel aus und steckte sie in die

Reisetasche. Er zog die Bootsschuhe an und stieg an Bord.
Wo bist Du?
Sie kam ihm aus der Kajüte entgegengekrochen. Mußte durch die Backluke ins Innere gestiegen sein. Sie hakte die Türen aus und verstaute sie unter den Matratzen. Schon war sie am Küchenschap und goß Petroleum in den Brenner. Mit ihren Bewegungen beherrschte sie das ganze Schiff. Sperber saß im Heck auf der Reling und sah zu.
Du kannst mal den Rettungsring aus der Backskiste holen, Jochen.
Ich kann erst mal nur pinkeln. Er stieg wieder von Bord.
An der Mauer der Hafenmeisterei hing die Schiefertafel mit den Wettermeldungen. Ost-Südost, tagsüber auf Südwest drehend, Böen bis 8 Windstärken. Daneben eine Karte mit der westlichen Ostsee und den dänischen Inseln. Hinter Travemünde ein kleines Stück Grenze. Das Land, das er verteidigen sollte, nur noch Küste.
In der Mitte des Hafenbeckens lag jetzt ein graues Motorboot. Auf dem Signalmast drehte der Radarschirm. Die Schrauben gurgelten im klaren Wasser, das Schiff stand über Grund, dann drehte es auf der Stelle, und ein Matrose machte dort mit der Vorderleine, wenige Schritte entfernt, am Poller fest. Der hemdsärmelige Kommandant kam von Bord. Er ging auf die Hafenmeisterei zu. Beiläufig grüßte er ein paar Leute, die in der Nähe herumstanden und zusahen. Er verschwand im Haus. Sperber schien er etwas freundlicher begrüßt zu haben als die andern. In Uniform hätte Sperber die Hand an die Mütze legen müssen.
Auf dem Schnellboot klarten zwei Männer, etwa in seinem Alter, das Deck auf. Einer entrollte die Heckfahne, die sich offenbar bei vielen Kurswechseln und Manö-

vern um den Fahnenstock gewickelt hatte. Sie trug den Dienstadler, den Sperber kannte. Ein Schiff, dem man eine besondere Funktion nicht ansah. Weder Ladegeschirr noch Bordkanonen. Keine Luken, auch kein besonders großer Radarschirm. Nur eine auffällig lange UKW-Antenne verriet, daß dieses Schiff mit anderen in Kontakt stand.
Sperber schlenderte zum Boot zurück. Susanne schien auf ihn zu warten. Ich habe die Kojen gemacht. Jetzt brauchen wir noch Proviant, oben im Supermarkt.
Der Supermarkt war in einem Schuppen am Hafeneingang. Er hatte ihn beim Eintreffen nicht bemerkt. An der Wasserseite gab es zwei Zapfsäulen für Öl und Benzin.
Sie schob den Einkaufswagen durch die Alleen der Regale und packte ein. Konserven, Nudeln, frisches Brot, Dosenbrot, haltbare Milch, Gemüse, eine Flasche Rum, Öl, Gewürze und vieles andere, das zur Not für einen Drei-Wochen-Törn reichen sollte.
Er schob den Wagen weiter. Sie füllte immer neue Sachen ein. Magst Du auch Zwieback, fast hätte ich Tomatenmark vergessen, Thunfisch schmeckt abends an Bord immer gut. Er hatte das Gefühl, daß diese Frau hauptsächlich aus Augen und Händen bestand. Sehen und zugreifen. Sie war ständig von irgendwelchen Dingen umgeben. Ihr Auto, ihr Schiff, ihre Lebensmittel.
Er war dagegen bewußt mittellos. Froh über alles, was seinen Schritt leichter, was ihn schnell und beweglich machte. Jederzeit sich wer weiß wohin absetzen können, das war ihm wichtig. Ihre Packlust verdroß ihn. Sie engte ihn ein. Er kam sich vor wie jemand, dem laufend vor den Füßen herumgetrampelt wurde.
Er schleppte dann aber doch den Karton aufs Schiff und half ihr beim Einsortieren. Du bist mir zu schnell, sagte er. Du reißt alles an dich. Ich krieg kein Bein mehr an Deck.

Sie unterbrach ihre Hantierungen. Gut, daß Du es sagst. Sie drehte schon das nächste Spaghettipäckchen in den Händen.
Er nahm es ihr weg. Sie legte ihre Hände neben sich auf den Sitz. Ihr Schultern standen hoch. Sie sah ihn an wie ein ertapptes Kind.
Wir führen jetzt für drei Wochen einen *Zwei*-Personen-Haushalt, sagte er und erschrak schon darüber. Einen Haushalt führen. Er erhob sich. Laß uns noch einen Spaziergang machen. Sie folgte.
Es war acht Uhr geworden. Sie kletterten die an der Einfahrt steil abbrechende gelb-rot-braune Uferböschung auf einen Stufenpfad hinauf. Der Landsockel lag zehn, fünfzehn Meter über dem Wasser. Oben, unmittelbar an der Kante, griffen die struppigen Wurzeln eines Kiefernwalds in die Luft.
Die Sonne ging langweilig unter. Das blaugraue Meer war plötzlich kalt. Das Land aber war noch warm und duftete harzig.
An einer Stelle war der Wald offen. Das Netzwerk der langen Kiefernnadeln streute das abnehmende Tageslicht gleichmäßig über den hellbraunen Boden. Das Licht hing darüber wie gespeichert. Je weiter sie aber hineingingen, umso dichter standen die Bäume, jetzt gegen die salzige Meeresluft besser abgeschirmt. Das Licht war umgekippt, als sie durch die Bäume einen Streifen baumlose Heidefläche erkannten. Sperber verlangsamte den Schritt. Auf der gegenüberliegenden Grenze, wohl einen halben Kilometer entfernt, waren die Kiefern wie Schablonen in die schwarze Ebene gesteckt. Zwischen den Stämmen standen mit geduckter Rückenlinie Büsche, die sich jetzt aber auch zur Nacht hinschlugen; ihre Farben waren schon ausgefiltert.
Sie hatten sich an den Händen gefaßt. Kurz vor dem Waldrand, hinter der ersten Baumreihe, stoppte Sperber.

Er trat hinter einen Baum und spähte ins Gelände: nur nicht über die erste Baumlinie hinaustreten. Die Waldkontur auf der anderen Seite. Seine Augen hefteten sich auf jede Unterbrechung in dem schwarzen Streifen. Er tastete nach hellen Punkten, schlecht abgeschirmten Fahrzeuglichtern, weißen Achskreuzen. Die Baumlinie war an einer Stelle bis auf den Boden eingeschnitten. Sein Blick folgte dieser Kerbe. Und suchte. Als er nichts Auffälliges bemerkte, kein grauer Gegenstand vor schwarzer Kulisse, wanderten seine Augen erst zur einen, dann zur anderen Seite weiter.
Er hatte Susanne losgelassen. Er stand starr aufs Feld zu.
Du –
Jetzt leise sein. Ganz leise. Das war ein Vogel, ein Eichelhäher, der uns meldet. Sperber sah in die Baumkronen. Da. Ein vorgeschobener Posten. Versuche, das Feld da genau abzutasten. Siehst Du den Busch, in Richtung, die ich jetzt zeige? Der erscheint Dir als Busch. Es kann aber jemand sein, der als Busch geht.
Wenn man in der Dämmerung zu lange auf etwas starrt, bildet man sich ein, es bewegt sich. Wie im Totengrund in der Lüneburger Heide, sagte Susanne. Für Jochen viel zu laut.
Hörst Du?
Was?
Die Stille im Ohr. Sie tut weh.
Als er mit ihr die Uferböschung wieder hinabstieg, sah er das weiße Signal des Feuerschiffes. Und die Lampen der Hafeneinfahrt. Das graue Boot war wieder ausgelaufen. Er beschleunigte seine Schritte.
Susanne war zurückgeblieben. Er drehte sich um. Ich muß hier weg, weg vom Land, sagte er. Laß uns sofort auslaufen.
Er sprang als erster an Deck. Gib mal den Schlüssel! Er

schloß die Kajüte auf. Aus dem Kartenfach holte er die Seekarte und entfaltete sie. Suchte mit dem Finger. Sieh mal hier, die kleine dänische Insel, das ist Lyø, sind wir doch mal vorbeigesegelt, da möchte ich hin. Klar bei Vorderleine!

Er riß die Starterleine des Außenborders. Der Motor kam sofort. Sie stieg auf den Steg, löste die Vorderleinen und sprang wieder an Bord. Aus den Cockpits der Nachbarboote sahen ein paar von Petroleumlampen erleuchtete Gesichter verwundert zu ihnen herüber. Sperber winkte freundlich, flüchtig. Er legte den Rückwärtsgang ein, dann den Vorwärtsgang. Volle Fahrt.

Die Hafeneinfahrt lag hinter ihnen. Das Wachboot rauschte ihnen entgegen. Ein Suchscheinwerfer erfaßte sekundenlang die Segelspitze, die Registernummer. Das Boot lief weiter. Sperber atmete auf.

Sie erreichten den nächsten Sektor des Leuchtfeuers. Susanne setzte das Großsegel. Der Ostwind, der über Abend stetig geworden war, machte es prall. Das Boot legte sich schräg. Sperber ließ den Motor absaufen.

Auch das Vorsegel stand nun. Das Boot neigte sich weiter und nahm still Fahrt auf.

Susanne kam auf dem hohen Bord angeturnt und setzte sich neben ihn. Sah nach unten aufs Wasser.

Hörst Du das Wasser am Ruder? Den Fahrtwind? fragte er.

Sie nickte.

Was ist mit der Positionslaterne am Steven?

Sie brennt.

Haben wir die dänische Flagge dabei?

Susanne hielt sie hoch.

Die Landesflagge?

Sie zeigte ins Want.

Ein Geschwader Wildenten zog an Steuerbord dicht über'm Wasser aufs Land zu. Sperber sah den Vögeln nach, bis sie vom schwarzen Streifen der Steilküste ausgelöscht waren.

Er richtete sich auf, hielt die Pinne mit einem Bein. Steckte die Hände in die Hosentaschen. Suchte einen Haltepunkt am andern Ufer der Bucht. Plötzlich spürte er das Maßband. Er sah zu Susanne. Sie kam zu ihm hoch.

Sich aneinander drücken. Sich wärmen.

Neues Kommando, sagte Susanne, Flaggenwechsel.

Seine Antwort verschwand in einem leisen Lachen.